中国诗词大会

ZHONGGUO SHICI DAHUI

第四季（下册）
DISIJI XIACE

《中国诗词大会》栏目组 编著

北京联合出版公司
Beijing United Publishing Co.,Ltd.

《中国诗词大会》官方报名通道

掀开你的红盖头

今年，作为宣传中国传统文化的现象级节目——《中国诗词大会》迎来了第四季的大考。当然，《中国诗词大会》第四季在春节档顺利通过大考，值得祝贺。绚丽多姿的画面，知性优雅的主持人，风采各异的选手，侃侃而谈的分享嘉宾，令人激动的擂主争霸，百看不厌的飞花令、超级飞花令、诗词接龙……让人欲罢不能。十场连播，更让电视机前的观众享受了一场经典诗词的饕餮盛宴。

如今，《中国诗词大会（第四季）》图书要出版了，上述美妙绝伦的画面、美丽知性的主持人、光彩夺目的选手、谈笑风生的分享嘉宾，一下子全部消失；从一场场视觉盛宴，变成了一张张素朴的纸质书页，所有绚烂和繁华全部归零。很多拿到书的读者，可能已经看过视频了。那我们还能从书中体会惊险的"起死回生"吗？还能感知分享嘉宾和选手密切配合挽狂澜于既倒的惊心动魄吗？在已知惊心夺目的最终结果后，我们为什么还要买书？我们要看什么？

题目和答案，还有主持人的精彩串词，这当然是我们希望重温的。还有嘉宾点评。诗词大会选的篇目，大都是历代传诵的经典诗词。对于经典的解读，是一件非常困难的事情。如果做一般的解读，比较容易；但如果要做深入精准的解读，特别是对名句的解读，还要做出"发前人所未发，道今人所未言"的点评，非常困难。

这需要有多年的阅读积累，需要有独特的悟性，还需要有上场前的精心准备。这不是每位嘉宾都能做得到的，更不是每位嘉宾在面对每一首诗时都能一以贯之地做得到的。嘉宾的点评需要精心准备，如果没有精心准备，甚至只是在现场随性发挥一下，这也许对收视率影响不大，但会大大影响图书的销售。当视频变为文字的时候，一切都要经得起琢磨才行。除了命题人精心准备的命题，主持人教科书级的台词，舞美精心设计的节目现场外，嘉宾更需要足够的时间准备点评的内容。如果嘉宾没有做好功课，在视频播出时，也许观众会一掠而过，很多绚丽的视频画面掩盖了这些平庸的发言；但是，当嘉宾的话语变成图书的文字，一点点不用心都将逃不过读者的眼睛。

因此，《中国诗词大会》图书能否畅销，嘉宾的点评质量很关键。虽然《中国诗词大会》的选手是主角，可是记录大会的视频一旦转换成图书，主角就变了：由选手变成了点评嘉宾；《中国诗词大会》栏目能否长期办下去，关键也是嘉宾的点评质量。

什么样的点评值得大家看呢？我觉得是见解独到、风趣幽默的点评。

什么叫见解独到？

发前人所未发，道今人所未言。具体而言，网上查不到，各种诗词鉴赏词典看不到，各种作家选本找不到，而且得到大家认可的点评才能叫见解独到。

什么叫风趣幽默？

用深入浅出的语言和流行语言，让古老的诗词在当下的语境中活过来。比如"佛系男神"，比如"宝宝心里苦"，比如"确认过眼神，认对了人"……嘉宾一出口，现场百人团的选手就会一片喝彩。能让大家觉得有趣、精彩的点评才能叫风趣幽默。

嘉宾做出见解独到、风趣幽默的点评，读者看书时才会更能领悟诗词的奇妙和趣味。

比如说，《早春呈水部张十八员外》是韩愈的经典之作。这首诗就表达了一句话：盛情邀请张籍先生一同赏春。虽然主题很简单，但是韩愈这首诗写得好啊！这首诗把早春的美景写得让人心动不已，只是一读，眼前便出现了早春最美的画面。诗中的哪一句写春景写得最动人呢？"草色遥看近却无。"稍微有点生活常识的人都会觉得这一句写出了"人人眼中有，个个笔下无"的高妙春景。

从全诗结构来看也是这样。第一句"天街小雨润如酥"为第二句开了个头，做了铺垫，这叫"起"。第二句承第一句，写早春之美在若有若无的草色，这叫"承"。第三、四句"最是一年春好处，绝胜烟柳满皇都"，实为第二句的反衬，写法上是"转"和"合"。

怎么点评这首诗呢？要讲的不是网上随随便便可以查到的文字，真正要讲的是

名句"草色遥看近却无"。这首经典之作的"草色遥看近却无"这一名句，从古至今，无人详解。我在《中国诗词大会》第四季上对此句做了试解：

"草色遥看近却无"一句声震古今，名闻遐迩。这么大的名气，它究竟好在什么地方呢？

好在韩愈告诉张籍：一年之美在于春，一春之美在早春，早春之美在春草，春草之美在草色，草色之美美在细雨霏霏、若有若无之中。这就是"草色遥看近却无"的高明之处，也是此句成名句的根本原因。由于这一句得到了当世、后世无数读者的喜爱，最终成就了这首诗在韩愈诗中的经典地位。

只有这样的点评，才能够让读者领悟这首诗的真正的高明之处在哪里。这也是《中国诗词大会》的困难之处。如果我们想让《中国诗词大会》常办常新，活力永存，就需要点评嘉宾力争场场出新，即使不能首首出新，也要力争有几首出新。外行可能听不出来，内行一听就明白。对经典名句做出精到的点评，就是经典解读，经典阐释。这是点评嘉宾最重要的任务。只有点评嘉宾点评得精准到位，我们的选手表现得非常出色，我们的主持人一如既往地光彩夺目，每一季的节目才会令人向往，让人愿意去看。这样的节目，才是能给人们带来诗词盛宴的节目，才是宣传中国传统文化的最好的课堂。

祝《中国诗词大会》节目常办常新，祝《中国诗词大会》图书大卖热卖，更愿你在《中国诗词大会》图书中能感受到更绵长的诗意。

王立群

己亥夏于北京寓所

目 录

第六场

慈母手中线，游子身上衣 [1]

　　母亲和儿女们的纽带是来自血脉的，所以无论我们走得有多远，走得有多久，我们都会忍不住回望出发的起点，那是孟郊心中的三春光辉，那是杜甫梦里的香雾云鬟，那是王冕笔下的萱草花生。千百年来，"临行密密缝，意恐迟迟归" [2] 中母亲的样子，从来就没有改变过。

　　今天就让我们在《中国诗词大会》花开四季的舞台上，用爱和思念编织成最美的诗篇，献给我们的母亲，献给我们的家。

——董卿（《中国诗词大会》主持人）

扫一扫
听专家现场讲解

---

1 · 2 《游子吟》【唐】孟郊

　　慈母手中线，游子身上衣。临行密密缝，意恐迟迟归。谁言寸草心，报得三春晖。

亲情是人类最美好的情感之一。它是"烽火连三月，家书抵万金"[3]的一封家信，它也是"马上相逢无纸笔，凭君传语报平安"[4]的一个口信。我希望大家为了亲人的微笑，为了祖国的明天，在今天的舞台上尽情地展现自己的风采。

——王立群（河南大学文学院教授、博士生导师）

刚才董老师说："慈母手中线，游子身上衣"，这让我也想到了另外一首写慈母的诗，就是元代大诗人王冕，他有一首诗："灿灿萱草花，罗生北堂下。南风吹其心，摇摇为谁吐？慈母倚门情，游子行路苦。"[5]我们衷心地祝愿天下的母亲，听到这美好的诗词对她们的祝愿，愿她们能够永远健康、幸福和快乐。

——康震（北京师范大学文学院教授、博士生导师）

扫一扫
看专家现场致辞

---

3 《春望》【唐】杜甫
 国破山河在，城春草木深。感时花溅泪，恨别鸟惊心。**烽火连三月，家书抵万金**。白头搔更短，浑欲不胜簪。
4 《逢入京使》【唐】岑参
 故园东望路漫漫，双袖龙钟泪不干。马上相逢无纸笔，凭君传语报平安。
5 《墨萱图二首·其一》【元】王冕
 灿灿萱草花，罗生北堂下。南风吹其心，摇摇为谁吐？慈母倚门情，游子行路苦。甘旨日以疏，音问日以阻。
 举头望云林，愧听慧鸟语。

诗词之乐何处寻？

个人追逐赛

1号选手

王家伟

海上生明月，天涯共此时。

望月怀远

【唐】张九龄

海上生明月，天涯共此时。

情人怨遥夜，竟夕起相思。

灭烛怜光满，披衣觉露滋。

不堪盈手赠，还寝梦佳期。

王家伟： 来自河北，是一位海洋采油工程师，工作任务是保障海底的石油安全地运输到陆地。在"个人追逐赛"环节共答对 6 道题，得分 121 分。

1. 请从以下九个字中识别一句五言唐诗。

马	斜	来
入	郎	铁
竹	万	骑

【分值：13】

2. 请从以下十二个字中识别一句七言宋诗。

儿	散	归	黄
追	学	童	走
蝶	头	来	急

【分值：23】

3. 请从以下十二个字中识别一句七言唐诗。

酒	从	笑	农
问	浑	来	何
处	客	腊	儿

【分值：15】

4. 下列诗句中的"儿女"，不是指儿童的是？ （   ）

A 呼童烹鸡酌白酒，儿女嬉笑牵人衣。

B 遥怜小儿女，未解忆长安。

C 无为在歧路，儿女共沾巾。

【分值：9】

5. 请从以下十二个字中识别一句七言宋诗。

是	节	时	黄
绿	红	景	记
菊	橙	橘	最

【分值：15】

6. 请对上句。

偷	采	白	莲	回
撑	舟	小	乘	娃
船	小	载	摇	艇

【分值：14】

7. 请问以下哪项诗句描写了图中的儿童游戏？ （   ）

A 蓬头稚子学垂纶，侧坐莓苔草映身。

B 青枝满地花狼藉，知是儿孙斗草来。

C 知有儿童挑促织，夜深篱落一灯明。

【分值：4】

8. 杨万里在《稚子弄冰》这首诗中提到"稚子金盆脱晓冰"，请问我们可以用这种方法来制作哪种食品？ （   ）

A 奶茶

B 刨冰

C 雪糕

【分值：58】

计算得分：

选手未答出的题目按 15 分计算。

2号选手

扫一扫
看选手精彩答题

刘译煊

恰同学少年，风华正茂；书生意气，挥斥方遒。

沁园春·长沙
【现代】毛泽东

独立寒秋，湘江北去，橘子洲头。看万山红遍，层林尽染；漫江碧透，百舸争流。鹰击长空，鱼翔浅底，万类霜天竞自由。怅寥廓，问苍茫大地，谁主沉浮？

携来百侣曾游。忆往昔峥嵘岁月稠。恰同学少年，风华正茂；书生意气，挥斥方遒。指点江山，激扬文字，粪土当年万户侯。曾记否，到中流击水，浪遏飞舟？

刘译煊： 来自湖南衡阳，现就读于中国人民大学农业与农村发展学院的经济管理专业。儿时的一本《唐诗三百首》，让他开启了诗词世界的大门。在"个人追逐赛"环节共答对6道题，得分90分。

1. 请从以下九个字中识别一句五言唐诗。

何	酒	壶
一	尊	人
间	日	花

2. 请从以下十二个字中识别一句七言唐诗。

月	深	铜	剪
春	风	似	乔
锁	二	力	雀

【分值：2】　　　　　　　　　　　　　　【分值：27】

3. 请对上句。

生	长	明	妃	尚	有	村
万	不	到	门	山		赴
荆	壑	群	雪			

【分值：33】

4. 下列诗句，哪一项是正确的？　　　　（　　）

A 名花倾国两相欢，长令君王带笑看。

B 名花倾国两相欢，长得君王带笑看。

C 名花倾国两相欢，长使君王带笑看。

【分值：18】

5. 下列哪项诗句最适合用来形容你对美丽女子的第一印象？　　（　　）

A 红颜弃轩冕，白首卧松云。

B 朱弦已为佳人绝，青眼聊因美酒横。

C 巧笑倩兮，美目盼兮。

【分值：3】

6. 请从以下九个字中识别一句五言唐诗。

月	声	人
故	乡	店
茅	鸡	是

【分值：15】

7. 请从以下九个字中识别一句五言唐诗。

树	皆	秋
山	山	落
树	晖	色

【分值：15】

8. 请问以下哪一项描写的乐器与画中的乐器相同？　　　　（　　）

A 独坐幽篁里，弹琴复长啸。

B 江娥啼竹素女愁，李凭中国弹箜篌。

C 大弦嘈嘈如急雨，小弦切切如私语。

【分值：7】

计算得分：

选手未答出的题目按 15 分计算。

3 号选手

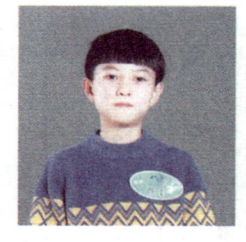

扫一扫
看选手精彩答题

陈　滢

红军不怕远征难，万水千山只等闲。

七律·长征

【现代】毛泽东

红军不怕远征难，万水千山只等闲。

五岭逶迤腾细浪，乌蒙磅礴走泥丸。

金沙水拍云崖暖，大渡桥横铁索寒。

更喜岷山千里雪，三军过后尽开颜。

陈　滢：来自安徽凤阳，是一名六年级的学生。从小跟着爸爸一起学诗词，希望将来能有所成就，成为爸爸的骄傲。在"个人追逐赛"环节共答对 6 道题，得分 135 分。获得"个人追逐赛"冠军，并进入"攻擂资格争夺赛"环节。

1. 请从以下九个字中识别一句五言唐诗。

2. 请从以下十二个字中识别一句七言唐诗。

时	又	不
江	清	近
识	月	小

大	风	起	兮
场	云	飞	同
日	各	鹏	一

【分值：0】　　　　　　　　　　　　　　　　　　　　　　【分值：26】

3. 请对上句。

石	破	天	惊	逗	秋	雨
出	处	炼	练	女		
娲	天	补	铜	石		

【分值：22】

4. 请对上句。

山	雨	欲	来	风	满	楼
起	阁	初	溪	水		
云	根	沉	竹	日		

【分值：15】

5. 李白《蜀道难》诗中有名句"蚕丛及鱼凫，开国何茫然"，其中"蚕丛"和"鱼凫"指的是？ （ ）

A 两位帝王

B 两种动物

C 两座城市

【分值：13】

6. 毛泽东诗"金猴奋起千钧棒，玉宇澄清万里埃"说的是《西游记》中的哪一个情节？ （ ）

A 三调芭蕉扇

B 大闹天宫

C 三打白骨精

【分值：46】

7. "嫦娥应悔偷灵药，碧海青天夜夜心"中的"灵药"来自哪里？ （ ）

A 峨眉山

B 昆仑山

C 蓬莱山

【分值：28】

8. 请从以下十二个字中识别一句七言唐诗。

望	片	一	关
门	孤	仞	度
城	万	玉	遥

【分值：15】

计算得分：

选手未答出的题目按 15 分计算。

4号选手

史成林

美人赠我锦绣段，何以报之青玉案。

四愁诗（节选）

【汉】张衡

我所思兮在雁门，欲往从之雪纷纷，侧身北望涕霑巾。美人赠我锦绣段，何以报之青玉案。路远莫致倚增叹，何为怀忧心烦惋。

史成林：来自湖北十堰，是一名物联网软件工程师。在"个人追逐赛"环节共答对 6 道题，得分 98 分。

1. 请从以下九个字中识别一句词。

风	春	到
雨	送	迎
雪	归	霏

2. 请从以下十二个字中识别一句七言唐诗。

千	树	梨	花
万	寂	枝	开
一	雨	带	春

【分值：9】

【分值：19】

3. 请对上句。

徒	有	美	鱼	情
见	钓	座	垂	时
坐	看	者	云	观

【分值：11】

4. 请对上句。

朵	朵	花	开	淡	墨	痕
谁	洗	树	研	我		
家	头	冼	砚	池		

【分值：14】

5. 请问以下哪联诗所描写的是梅花？　　（　　）

A 惆怅东栏一株雪，人生看得几清明。

B 纵被春风吹作雪，绝胜南陌碾成尘。

C 疏影横斜水清浅，暗香浮动月黄昏。

【分值：31】

6. 下列哪一项不是形容女子梳妆打扮的？　　（　　）

A 制芰荷以为衣兮，集芙蓉以为裳。

B 照花前后镜，花面交相映。

C 当窗理云鬓，对镜帖花黄。

【分值：14】

7. 请从以下十二个字中识别一句七言宋诗。

散	寸	刻	光
金	宵	还	值
尽	一	春	千

【分值：15】

8. 中国自古以来就是礼仪之邦，请问以下哪联诗表达了"礼尚往来"的意思？　　（　　）

A 他年我若为青帝，报与桃花一处开。

B 美人赠我金错刀，何以报之英琼瑶。

C 报君黄金台上意，提携玉龙为君死。

【分值：15】

计算得分：

选手卡答出的题目按15分计算。

个人追逐赛答案、解析与拓展

1 号选手题

1. 答案：郎骑竹马来

本题考查的诗词为：

长干行二首·其一

【唐】李白

妾发初覆额，折花门前剧。

郎骑竹马来，绕床弄青梅。

同居长干里，两小无嫌猜。

十四为君妇，羞颜未尝开。

低头向暗壁，千唤不一回。

十五始展眉，愿同尘与灰。

常存抱柱信，岂上望夫台。

十六君远行，瞿塘滟滪堆。

五月不可触，猿声天上哀。

门前迟行迹，一一生绿苔。

苔深不能扫，落叶秋风早。

八月蝴蝶黄，双飞西园草。

感此伤妾心，坐愁红颜老。

早晚下三巴，预将书报家。

相迎不道远，直至长风沙。

干扰项：入竹万竿斜（【唐】李峤《风》）。

2. 答案：儿童急走追黄蝶

本题考查的诗词为：

宿新市徐公店二首·其二

【宋】杨万里

篱落疏疏一径深，树头新绿未成阴。

儿童急走追黄蝶，飞入菜花无处寻。

干扰项：儿童散学归来早（【清】高鼎《村居》）。

3. 答案：笑问客从何处来

本题考查的诗词为：

回乡偶书二首·其一

【唐】贺知章

少小离家老大回，乡音无改鬓毛衰。

儿童相见不相识，笑问客从何处来。

干扰项：莫笑农家腊酒浑（【宋】陆游《游山西村》）。

4. 答案：C

本题考查的诗词为：

南陵别儿童入京

【唐】李白

白酒新熟山中归，黄鸡啄黍秋正肥。

呼童烹鸡酌白酒，儿女嬉笑牵人衣。

高歌取醉欲自慰，起舞落日争光辉。

游说万乘苦不早，著鞭跨马涉远道。

会稽愚妇轻买臣，余亦辞家西入秦。

仰天大笑出门去，我辈岂是蓬蒿人！

月夜

【唐】杜甫

今夜鄜州月，闺中只独看。

遥怜小儿女，未解忆长安。

香雾云鬟湿，清辉玉臂寒。

何时倚虚幌，双照泪痕干？

送杜少府之任蜀州

【唐】王勃

城阙辅三秦，风烟望五津。

与君离别意，同是宦游人。

海内存知己，天涯若比邻。

无为在歧路，儿女共沾巾。

解析：C句中的"儿女"指的是青年男女，不是儿童。

5. 答案：最是橙黄橘绿时

本题考查的诗词为：

赠刘景文

【宋】苏轼

荷尽已无擎雨盖，菊残犹有傲霜枝。

一年好景君须记，最是橙黄橘绿时。

干扰项：橘绿橙黄时节好（【宋】洪适《满江红》）。

6. 答案：小娃撑小艇

本题考查的诗词为：

池上二绝·其二

【唐】白居易

小娃撑小艇，偷采白莲回。

不解藏踪迹，浮萍一道开。

干扰项："乘""船""舟"。

7. 答案：B

本题考查的诗词为：

小儿垂钓

【唐】胡令能

蓬头稚子学垂纶，侧坐莓苔草映身。

路人借问遥招手，怕得鱼惊不应人。

夏日田园杂兴十二首·其五

【宋】范成大

社下烧钱鼓似雷，日斜扶得醉翁回。

青枝满地花狼藉，知是儿孙斗草来。

夜书所见

【宋】叶绍翁

萧萧梧叶送寒声，江上秋风动客情。

知有儿童挑促织，夜深篱落一灯明。

解析：图是清代金廷标的《儿童斗草图》，描绘了古代儿童的斗草游戏，以叶柄相勾，捏住相拽，断者为输，再换一叶相斗。B句正是描写了斗草，是正确的。A句是在写钓鱼；C句是写儿童在抓蟋蟀。

8. 答案：C

本题考查的诗词为：

稚子弄冰

【宋】杨万里

稚子金盆脱晓冰，彩丝穿取当银钲。

敲成玉磬穿林响，忽作玻璃碎地声。

解析："稚子金盆脱晓冰"事实上是用了一种模具将水从液态制作成固态，这种方法可以用来制作雪糕。

2号选手题

1. 答案：花间一壶酒

本题考查的诗词为：

月下独酌四首·其一

【唐】李白

花间一壶酒，独酌无相亲。
举杯邀明月，对影成三人。
月既不解饮，影徒随我身。
暂伴月将影，行乐须及春。
我歌月徘徊，我舞影零乱。
醒时同交欢，醉后各分散。
永结无情游，相期邈云汉。

干扰项：何时一尊酒（【唐】杜甫《春日忆李白》）。

2. 答案：铜雀春深锁二乔

本题考查的诗词为：

赤壁

【唐】杜牧

折戟沉沙铁未销，自将磨洗认前朝。
东风不与周郎便，铜雀春深锁二乔。

干扰项：二月春风似剪刀（【唐】贺知章《咏柳》）。

3. 答案：群山万壑赴荆门

本题考查的诗词为：

咏怀古迹五首·其三

【唐】杜甫

群山万壑赴荆门，生长明妃尚有村。
一去紫台连朔漠，独留青冢向黄昏。
画图省识春风面，环佩空归夜月魂。
千载琵琶作胡语，分明怨恨曲中论。

4. 答案：B

本题考查的诗词为：

清平调词三首·其三

【唐】李白

名花倾国两相欢，长得君王带笑看。
解释春风无限恨，沉香亭北倚阑干。

5. 答案：C

本题考查的诗词为：

赠孟浩然

【唐】李白

吾爱孟夫子，风流天下闻。
红颜弃轩冕，白首卧松云。
醉月频中圣，迷花不事君。
高山安可仰，徒此揖清芬。

登快阁

【宋】黄庭坚

痴儿了却公家事，快阁东西倚晚晴。
落木千山天远大，澄江一道月分明。
朱弦已为佳人绝，青眼聊因美酒横。
万里归船弄长笛，此心吾与白鸥盟。

诗经·卫风·硕人

【先秦】佚名

硕人其颀，衣锦褧衣。齐侯之子，卫侯

之妻。东宫之妹，邢侯之姨，谭公维私。

手如柔荑，肤如凝脂。领如蝤蛴，齿如瓠犀。螓首蛾眉，巧笑倩兮，美目盼兮。

硕人敖敖，说于农郊。四牡有骄，朱幩镳镳，翟茀以朝。大夫夙退，无使君劳。

河水洋洋，北流活活。施罛濊濊，鳣鲔发发，葭菼揭揭。庶姜孽孽，庶士有朅。

解析：A 句是李白赠予孟浩然的，"红颜"对"白首"，概括了孟浩然漫长的人生旅程；"轩冕"对"松云"，则象征着仕途与隐道，象征着富贵与淡泊。B 句是写友人远离，早已没有弹琴的兴致，只有见到美酒，眼中才流露出喜色。C 句是赞美齐庄公的女儿、卫庄公的夫人庄姜的诗句，说她嫣然一笑，秋波流转很美。只有 C 句适合形容对美丽女子的第一印象。

6. 答案：鸡声茅店月

本题考查的诗词为：

商山早行

【唐】温庭筠

晨起动征铎，客行悲故乡。
鸡声茅店月，人迹板桥霜。
槲叶落山路，枳花明驿墙。
因思杜陵梦，凫雁满回塘。

干扰项：月是故乡明（【唐】杜甫《月夜忆舍弟》）、故人具鸡黍（【唐】孟浩然《过故人庄》）。

7. 答案：树树皆秋色

本题考查的诗词为：

野望

【唐】王绩

东皋薄暮望，徙倚欲何依？
树树皆秋色，山山唯落晖。
牧人驱犊返，猎马带禽归。
相顾无相识，长歌怀采薇。

干扰项：山山唯落晖（【唐】王绩《野望》）。

8. 答案：A

本题考查的诗词为：

竹里馆

【唐】王维

独坐幽篁里，弹琴复长啸。
深林人不知，明月来相照。

李凭箜篌引

【唐】李贺

吴丝蜀桐张高秋，空山凝云颓不流。
江娥啼竹素女愁，李凭中国弹箜篌。
昆山玉碎凤凰叫，芙蓉泣露香兰笑。
十二门前融冷光，二十三丝动紫皇。
女娲炼石补天处，石破天惊逗秋雨。
梦入神山教神妪，老鱼跳波瘦蛟舞。
吴质不眠倚桂树，露脚斜飞湿寒兔。

琵琶行

【唐】白居易

浔阳江头夜送客，枫叶荻花秋瑟瑟。
主人下马客在船，举酒欲饮无管弦。
醉不成欢惨将别，别时茫茫江浸月。
忽闻水上琵琶声，主人忘归客不发。
寻声暗问弹者谁，琵琶声停欲语迟。

移船相近邀相见，添酒回灯重开宴。
千呼万唤始出来，犹抱琵琶半遮面。
转轴拨弦三两声，未成曲调先有情。
弦弦掩抑声声思，似诉生平不得志。
低眉信手续续弹，说尽心中无限事。
轻拢慢捻抹复挑，初为霓裳后六么。
大弦嘈嘈如急雨，小弦切切如私语。
嘈嘈切切错杂弹，大珠小珠落玉盘。
间关莺语花底滑，幽咽泉流冰下难。
冰泉冷涩弦凝绝，凝绝不通声暂歇。
别有幽愁暗恨生，此时无声胜有声。
银瓶乍破水浆迸，铁骑突出刀枪鸣。
曲终收拨当心画，四弦一声如裂帛。
东船西舫悄无言，唯见江心秋月白。
沉吟放拨插弦中，整顿衣裳起敛容。
自言本是京城女，家在虾蟆陵下住。
十三学得琵琶成，名属教坊第一部。
曲罢曾教善才伏，妆成每被秋娘妒。
五陵年少争缠头，一曲红绡不知数。
钿头银篦击节碎，血色罗裙翻酒污。
今年欢笑复明年，秋月春风等闲度。
弟走从军阿姨死，暮去朝来颜色故。
门前冷落车马稀，老大嫁作商人妇。
商人重利轻别离，前月浮梁买茶去。
去来江口守空船，绕船月明江水寒。
夜深忽梦少年事，梦啼妆泪红阑干。
我闻琵琶已叹息，又闻此语重唧唧。
同是天涯沦落人，相逢何必曾相识！
我从去年辞帝京，谪居卧病浔阳城。
浔阳地僻无音乐，终岁不闻丝竹声。
住近湓江地低湿，黄芦苦竹绕宅生。
其间旦暮闻何物？杜鹃啼血猿哀鸣。

春江花朝秋月夜，往往取酒还独倾。
岂无山歌与村笛，呕哑嘲哳难为听。
今夜闻君琵琶语，如听仙乐耳暂明。
莫辞更坐弹一曲，为君翻作琵琶行。
感我此言良久立，却坐促弦弦转急。
凄凄不似向前声，满座重闻皆掩泣。
座中泣下谁最多？江州司马青衫湿。

解析：A句描写弹古琴；B句写弹箜篌，这首诗中的箜篌为二十三根弦的竖箜篌，是竖着弹的；C句写弹琵琶，也是竖着弹的。与图中演奏方式相同的乐器只有古琴，所以A正确。

拓展：这幅《听琴图》传为宋徽宗赵佶创作，但现在一般认为是北宋宫廷画师所画，是绢本设色工笔画，现藏于北京故宫博物院。此图描绘的是松下抚琴赏曲的情景。画面正中一枝苍松，枝叶郁茂，凌霄花攀援而上，树旁翠竹数竿。一个穿着道袍的人在抚琴，还有两人坐在旁边凝神恭听，一侧身一仰面，神态恭谨。画上仅用松竹石表示庭院环境，悠扬的琴韵似在松竹间流动，构图凝练平衡。人物神态刻画细致传神。

中间弹琴者即宋徽宗，据说图中红衣人为蔡京，青衣人为童贯。画上有蔡京题诗："吟徵调商灶下桐，松间疑有入松风。仰窥低审含情客，似听无弦一弄中。"

3 号选手题

1. 答案：小时不识月

   本题考查的诗词为：

   ### 古朗月行

   【唐】李白

   小时不识月，呼作白玉盘。

   又疑瑶台镜，飞在青云端。

   仙人垂两足，桂树何团团？

   白兔捣药成，问言与谁餐？

   蟾蜍蚀圆影，天明夜已残。

   羿昔落九乌，天人清且安。

   阴精此沦惑，去去不足观。

   忧来其如何？凄怆摧心肝。

   干扰项：江清月近人（【唐】孟浩然《宿建德江》）。

2. 答案：大鹏一日同风起

   本题考查的诗词为：

   ### 上李邕

   【唐】李白

   大鹏一日同风起，扶摇直上九万里。

   假令风歇时下来，犹能簸却沧溟水。

   世人见我恒殊调，见余大言皆冷笑。

   宣父犹能畏后生，丈夫未可轻年少。

   干扰项：大风起兮云飞扬（【汉】刘邦《大风歌》）。

3. 答案：女娲炼石补天处

   本题考查的诗词为：

   ### 李凭箜篌引

   【唐】李贺

   吴丝蜀桐张高秋，空山凝云颓不流。

   江娥啼竹素女愁，李凭中国弹箜篌。

   昆山玉碎凤凰叫，芙蓉泣露香兰笑。

   十二门前融冷光，二十三丝动紫皇。

   女娲炼石补天处，石破天惊逗秋雨。

   梦入神山教神妪，老鱼跳波瘦蛟舞。

   吴质不眠倚桂树，露脚斜飞湿寒兔。

   干扰项："练""铜"。

4. 答案：溪云初起日沉阁

   本题考查的诗词为：

   ### 咸阳城东楼

   【唐】许浑

   一上高城万里愁，蒹葭杨柳似汀洲。

   溪云初起日沉阁，山雨欲来风满楼。

   鸟下绿芜秦苑夕，蝉鸣黄叶汉宫秋。

   行人莫问当年事，故国东来渭水流。

   干扰项：竹根流水带溪云（【宋】辛弃疾《临江仙·探梅》）。

5. 答案：A

   本题考查的诗词为：

   ### 蜀道难

   【唐】李白

   噫吁嚱，危乎高哉！蜀道之难，难于上青天！蚕丛及鱼凫，开国何茫然！尔来四万八千

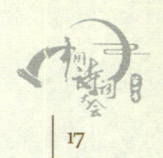

岁，不与秦塞通人烟。西当太白有鸟道，可以横绝峨眉巅。地崩山摧壮士死，然后天梯石栈相钩连。上有六龙回日之高标，下有冲波逆折之回川。黄鹤之飞尚不得过，猿猱欲度愁攀援。青泥何盘盘，百步九折萦岩峦。扣参历井仰胁息，以手抚膺坐长叹。

问君西游何时还？畏途巉岩不可攀。但见悲鸟号古木，雄飞雌从绕林间。又闻子规啼夜月，愁空山。蜀道之难，难于上青天，使人听此凋朱颜。连峰去天不盈尺，枯松倒挂倚绝壁。飞湍瀑流争喧豗，砯崖转石万壑雷。其险也如此，嗟尔远道之人胡为乎来哉！

剑阁峥嵘而崔嵬，一夫当关，万夫莫开。所守或匪亲，化为狼与豺。朝避猛虎，夕避长蛇，磨牙吮血，杀人如麻。锦城虽云乐，不如早还家。蜀道之难，难于上青天，侧身西望长咨嗟！

6. 答案：C

本题考查的诗词为：

七律·和郭沫若同志

【现代】毛泽东

一从大地起风雷，便有精生白骨堆。
僧是愚氓犹可训，妖为鬼蜮必成灾。
金猴奋起千钧棒，玉宇澄清万里埃。
今日欢呼孙大圣，只缘妖雾又重来。

解析："金猴"是对《西游记》中孙悟空的誉称。"千钧棒"是孙悟空的兵器，重一万三千五百斤，也称"金箍棒"。从全诗来看，是写的"三打白骨精"这一情节。

7. 答案：B

本题考查的诗词为：

嫦娥

【唐】李商隐

云母屏风烛影深，长河渐落晓星沉。
嫦娥应悔偷灵药，碧海青天夜夜心。

8. 答案：孤城遥望玉门关

本题考查的诗词为：

从军行七首·其四

【唐】王昌龄

青海长云暗雪山，孤城遥望玉门关。
黄沙百战穿金甲，不破楼兰终不还。

干扰项：一片孤城万仞山（【唐】王之涣《凉州词》）。

4 号选手题

1. 答案：风雨送春归

本题考查的诗词为：

卜算子·咏梅

【现代】毛泽东

风雨送春归，飞雪迎春到。已是悬崖百丈冰，犹有花枝俏。

俏也不争春，只把春来报。待到山花烂漫时，她在丛中笑。

干扰项：飞雪迎春到（【现代】毛泽东《卜算子·咏梅》）。

2. 答案：梨花一枝春带雨

本题考查的诗词为：

长恨歌

【唐】白居易

汉皇重色思倾国，御宇多年求不得。
杨家有女初长成，养在深闺人未识。
天生丽质难自弃，一朝选在君王侧。
回眸一笑百媚生，六宫粉黛无颜色。
春寒赐浴华清池，温泉水滑洗凝脂。
侍儿扶起娇无力，始是新承恩泽时。
云鬓花颜金步摇，芙蓉帐暖度春宵。
春宵苦短日高起，从此君王不早朝。
承欢侍宴无闲暇，春从春游夜专夜。
后宫佳丽三千人，三千宠爱在一身。
金屋妆成娇侍夜，玉楼宴罢醉和春。
姊妹弟兄皆列土，可怜光彩生门户。
遂令天下父母心，不重生男重生女。
骊宫高处入青云，仙乐风飘处处闻。
缓歌慢舞凝丝竹，尽日君王看不足。
渔阳鼙鼓动地来，惊破霓裳羽衣曲。
九重城阙烟尘生，千乘万骑西南行。
翠华摇摇行复止，西出都门百余里。
六军不发无奈何，宛转蛾眉马前死。
花钿委地无人收，翠翘金雀玉搔头。
君王掩面救不得，回看血泪相和流。
黄埃散漫风萧索，云栈萦纡登剑阁。
峨嵋山下少人行，旌旗无光日色薄。
蜀江水碧蜀山青，圣主朝朝暮暮情。
行宫见月伤心色，夜雨闻铃肠断声。
天旋地转回龙驭，到此踌躇不能去。
马嵬坡下泥土中，不见玉颜空死处。
君臣相顾尽沾衣，东望都门信马归。
归来池苑皆依旧，太液芙蓉未央柳。
芙蓉如面柳如眉，对此如何不泪垂。
春风桃李花开日，秋雨梧桐叶落时。
西宫南苑多秋草，落叶满阶红不扫。
梨园弟子白发新，椒房阿监青娥老。
夕殿萤飞思悄然，孤灯挑尽未成眠。
迟迟钟鼓初长夜，耿耿星河欲曙天。
鸳鸯瓦冷霜华重，翡翠衾寒谁与共？
悠悠生死别经年，魂魄不曾来入梦。
临邛道士鸿都客，能以精诚致魂魄。
为感君王辗转思，遂教方士殷勤觅。
排空驭气奔如电，升天入地求之遍。
上穷碧落下黄泉，两处茫茫皆不见。
忽闻海上有仙山，山在虚无缥缈间。
楼阁玲珑五云起，其中绰约多仙子。
中有一人字太真，雪肤花貌参差是。
金阙西厢叩玉扃，转教小玉报双成。
闻道汉家天子使，九华帐里梦魂惊。
揽衣推枕起裴回，珠箔银屏逦迤开。
云鬓半偏新睡觉，花冠不整下堂来。

风吹仙袂飘飘举，犹似霓裳羽衣舞。
玉容寂寞泪阑干，梨花一枝春带雨。
含情凝睇谢君王，一别音容两渺茫。
昭阳殿里恩爱绝，蓬莱宫中日月长。
回头下望人寰处，不见长安见尘雾。
唯将旧物表深情，钿合金钗寄将去。
钗留一股合一扇，钗擘黄金合分钿。
但教心似金钿坚，天上人间会相见。
临别殷勤重寄词，词中有誓两心知。
七月七日长生殿，夜半无人私语时。
在天愿作比翼鸟，在地愿为连理枝。
天长地久有时尽，此恨绵绵无绝期。

干扰项：千树万树梨花开（【唐】岑参《白雪歌送武判官归京》）。

3. 答案：坐观垂钓者

本题考查的诗词为：

望洞庭湖赠张丞相

【唐】孟浩然

八月湖水平，涵虚混太清。
气蒸云梦泽，波撼岳阳城。
欲济无舟楫，端居耻圣明。
坐观垂钓者，徒有羡鱼情。

干扰项：坐看云起时（【唐】王维《终南别业》）。

4. 答案：我家洗砚池头树

本题考查的诗词为：

墨梅

【元】王冕

我家洗砚池头树，朵朵花开淡墨痕。
不要人夸颜色好，只留清气满乾坤。

干扰项："研""冼"。

5. 答案：C

本题考查的诗词为：

东栏梨花

【宋】苏轼

梨花淡白柳深青，柳絮飞时花满城。
惆怅东栏一株雪，人生看得几清明。

北陂杏花

【宋】王安石

一陂春水绕花身，花影妖娆各占春。
纵被春风吹作雪，绝胜南陌碾成尘。

山园小梅二首·其一

【宋】林逋

众芳摇落独暄妍，占尽风情向小园。
疏影横斜水清浅，暗香浮动月黄昏。
霜禽欲下先偷眼，粉蝶如知合断魂。
幸有微吟可相狎，不须檀板共金樽。

6. 答案：A

本题考查的诗词为：

离骚（节选）

【先秦】屈原

帝高阳之苗裔兮，朕皇考曰伯庸。摄提贞于孟陬兮，惟庚寅吾以降。皇览揆余初度兮，肇锡余以嘉名。名余曰正则兮，字余曰灵均。

纷吾既有此内美兮，又重之以修能。扈江离与辟芷兮，纫秋兰以为佩。汩余若将不及兮，恐年岁之不吾与。朝搴阰之木兰兮，夕揽洲之宿莽。日月忽其不淹兮，春与秋其代序。惟草木之零落兮，恐美人之迟暮。不抚壮而弃秽兮，何不改乎此度也？乘骐骥以驰骋兮，来吾导夫先路！

昔三后之纯粹兮，固众芳之所在。杂申椒与菌桂兮，岂惟纫夫蕙茝？彼尧舜之耿介兮，既遵道而得路。何桀纣之昌披兮，夫惟捷径以窘步！惟党人之偷乐兮，路幽昧以险隘。岂余身之惮殃兮，恐皇舆之败绩。忽奔走以先后兮，及前王之踵武。荃不察余之中情兮，反信谗而齌怒。余固知謇謇之为患兮，忍而不能舍也。指九天以为正兮，夫惟灵修之故也。初既与余成言兮，后悔遁而有他。余既不难夫离别兮，伤灵修之数化。

余既滋兰之九畹兮，又树蕙之百亩。畦留夷与揭车兮，杂杜衡与芳芷。冀枝叶之峻茂兮，愿俟时乎吾将刈。虽萎绝其亦何伤兮，哀众芳之芜秽。

众皆竞进以贪婪兮，凭不厌乎求索。羌内恕己以量人兮，各兴心而嫉妒。忽驰骛以追逐兮，非余心之所急。老冉冉其将至兮，恐修名之不立。朝饮木兰之坠露兮，夕餐秋菊之落英。苟余情其信姱以练要兮，长顑颔亦何伤。擥木根以结茝兮，贯薜荔之落蕊。矫菌桂以纫蕙兮，索胡绳之纚纚。謇吾法夫前修兮，非时俗之所服。虽不周于今之人兮，愿依彭咸之遗则。长太息以掩涕兮，哀民生之多艰。余虽好修姱以鞿羁兮，謇朝谇而夕替。既替余以蕙纕兮，又申之以揽茝。亦余心之所善兮，虽九死其犹未悔。怨灵修之浩荡兮，终不察夫人心。众女嫉余之蛾眉兮，谣诼谓余以善淫。固时俗之工巧兮，偭规矩而改错。背绳墨以追曲兮，竞周容以为度。忳郁邑余侘傺兮，吾独穷困乎此时也！宁溘死以流亡兮，余不忍为此态也！鸷鸟之不群兮，自前世而固然。何方圆之能周兮，夫孰异道而相安！屈心而抑志兮，忍尤而攘诟。伏清白以死直兮，固前圣之所厚。

悔相道之不察兮，延伫乎吾将反。回朕车以复路兮，及行迷之未远。步余马于兰皋兮，驰椒丘且焉止息。进不入以离尤兮，退将复修吾初服。制芰荷以为衣兮，集芙蓉以为裳。不吾知其亦已兮，苟余情其信芳。高余冠之岌岌兮，长余佩之陆离。芳与泽其杂糅兮，唯昭质其犹未亏。忽反顾以游目兮，将往观乎四荒。佩缤纷其繁饰兮，芳菲菲其弥章。人生各有所乐兮，余独好修以为常。虽体解吾犹未变兮，岂余心之可惩！

菩萨蛮
【唐】温庭筠

小山重叠金明灭，鬓云欲度香腮雪。懒起画蛾眉，弄妆梳洗迟。

照花前后镜，花面交相映。新帖绣罗襦，双双金鹧鸪。

木兰诗
【南北朝】佚名

唧唧复唧唧，木兰当户织。不闻机杼声，唯闻女叹息。问女何所思，问女何所忆。女亦无所思，女亦无所忆。昨夜见军帖，可汗大点兵。军书十二卷，卷卷有爷名。阿爷无大儿，木兰无长兄。愿为市鞍马，从此替爷征。

东市买骏马，西市买鞍鞯。南市买辔头，北市买长鞭。旦辞爷娘去，暮宿黄河边。不闻爷娘唤女声，但闻黄河流水鸣溅溅。旦辞黄河去，暮至黑山头。不闻爷娘唤女声，但闻燕山胡骑鸣啾啾。

万里赴戎机，关山度若飞。朔气传金柝，寒光照铁衣。将军百战死，壮士十年归。

归来见天子，天子坐明堂。策勋十二转，赏赐百千强。可汗问所欲，木兰不用尚书郎。愿驰千里足，送儿还故乡。

爷娘闻女来，出郭相扶将；阿姊闻妹来，

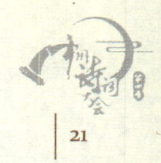

当户理红妆；小弟闻姊来，磨刀霍霍向猪羊。开我东阁门，坐我西阁床，脱我战时袍，著我旧时裳。当窗理云鬓，对镜帖花黄。出门看火伴，火伴皆惊忙：同行十二年，不知木兰是女郎！

雄兔脚扑朔，雌兔眼迷离。双兔傍地走，安能辨我是雄雌？

解析：B 句和 C 句都是形容女子梳妆打扮；A 句是形容屈原自己。

7. 答案：春宵一刻值千金

本题考查的诗词为：

春宵

【宋】苏轼

春宵一刻值千金，花有清香月有阴。
歌管楼台声细细，秋千院落夜沉沉。

8. 答案：B

本题考查的诗词为：

题菊花

【唐】黄巢

飒飒西风满院栽，蕊寒香冷蝶难来。
他年我若为青帝，报与桃花一处开。

四愁诗

【汉】张衡

我所思兮在太山，欲往从之梁父艰，侧身东望涕霑翰。美人赠我金错刀，何以报之英琼瑶。路远莫致倚逍遥，何为怀忧心烦劳。

我所思兮在桂林，欲往从之湘水深，侧身南望涕沾襟。美人赠我金琅玕，何以报之双玉盘。路远莫致倚惆怅，何为怀忧心烦伤。

我所思兮在汉阳，欲往从之陇阪长，侧身西望涕沾裳。美人赠我貂襜褕，何以报之明月珠。路远莫致倚踟蹰，何为怀忧心烦纡。

我所思兮在雁门，欲往从之雪纷纷，侧身北望涕沾巾。美人赠我锦绣段，何以报之青玉案。路远莫致倚增叹，何为怀忧心烦惋。

雁门太守行

【唐】李贺

黑云压城城欲摧，甲光向月金鳞开。
角声满天秋色里，塞上燕脂凝夜紫。
半卷红旗临易水，霜重鼓寒声不起。
报君黄金台上意，提携玉龙为君死。

攻擂资格争夺赛

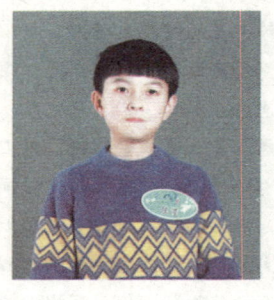 VS

扫一扫
看选手精彩答题

陈 滢: 来自安徽凤阳,是一名六年级的学生。在"个人追逐赛"环节,以135分的总分获得"个人追逐赛"冠军,进入攻擂资格争夺赛。

仝礼允: 山东威海荣成,是一名核电站高级操作员。在"个人追逐赛"环节,仝礼允在百人团中准确率最高,耗时最短,进入第二个环节"攻擂资格争夺赛"。

 飞花令

 雪

陈 滢   仝礼允

🌸 梅雪争春未肯降,骚人阁笔费评章。   🌸 梅须逊雪三分白,雪却输梅一段香。

🌸 云横秦岭家何在,雪拥蓝关马不前。   🌸 风雨送春归,飞雪迎春到。

🌸 日暮诗成天又雪,与梅并作十分春。   🌸 遥知不是雪,为有暗香来。

🌸 白雪却嫌春色晚,故穿庭树作飞花。   🌸 千里黄云白日曛,北风吹雁雪纷纷。

🌸 惆怅东栏一株雪,人生看得几清明。   🌸 蛾儿雪柳黄金缕,笑语盈盈暗香去。

🌸 楼船夜雪瓜洲渡,铁马秋风大散关。   🌸 孤舟蓑笠翁,独钓寒江雪。

🌸 野云万里无城郭,雨雪纷纷连大漠。   🌸 ×

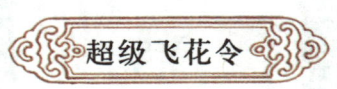 

超级飞花令 江 南

请说出含有"江"字和"南"字的诗句。

陈 滢:

❀ 江南可采莲，莲叶何田田。

❀ 江南好，风景旧曾谙。日出江花红胜火，
  春来江水绿如蓝，能不忆江南。

❀ 江南忆，其次忆吴宫。

❀ 报道先生归也，杏花春雨江南。

仝礼允:

❀ 春风又绿江南岸，明月何时照我还。

❀ 江南忆，最忆是杭州。

❀ 正是江南好风景，落花时节又逢君。

❀ ×

擂主争霸赛

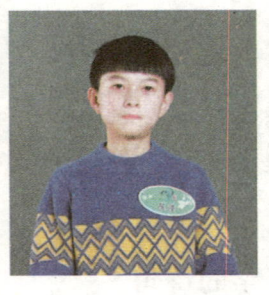

VS

扫一扫
看选手精彩答题

陈　澄： 在"个人追逐赛"中连续战胜三位选手，并在"攻擂资格争夺赛"中获胜，进入"擂主争霸赛"。

靳舒馨： 第五场擂主靳舒馨迎战攻擂者陈澄，每题1分，在抢答中，靳舒馨率先获得5分，守擂成功，成为本场擂主。

1. 图片线索题，根据以下图画呈现的内容说出一联五言唐诗。

		树

2. 图片线索题，根据以下图画呈现的内容说出一联七言唐诗。

	日	

3. 图片线索题，根据以下图画呈现的内容说出一联七言宋诗。

无

4. 描述线索题，请根据以下线索说出一个词牌名。　（　　　）

(1) 它由一位五代时期的帝王首创。

(2) 它由苏轼改为现在的名字。

(3) 史湘云填了一首词，引得林黛玉和薛宝钗跟风。

(4) 李清照有名句"知否？知否？应是绿肥红瘦"。

5. 描述线索题，请根据以下线索说出一位诗人。　（　　　）

(1) 他是一位画家。

(2) 他有一首写桃花的名诗。

(3) 从他的名字可以知道他属虎。

(4) 民间流传有他"点秋香"的故事。

6. 描述线索题，请根据以下线索说出一个宋代文学家。　（　　　）

(1) 他擅长作曲。

(2) 苏轼并不欣赏他。

(3) 传说他的两句词曾引起金兵南侵。

(4) 他自称"奉旨填词"。

7. 描述线索题，请根据以下线索说出一个节日。　（　　　）

(1) 辛弃疾在此节日想象月亮绕地球运转。

(2) 白居易说"三五夜中新月色，二千里外故人心"。

(3) 韩愈赞此节日"一年明月今宵多"。

(4) 苏轼在此节日夜晚"把酒问青天"。

8. 描述线索题，请根据以下线索说出一联唐诗。

(1) 这联诗里提到了两种动物。

(2) 这联诗中写了四种颜色。

(3) 这联诗写的是成都某地的景色。

(4) 诗的作者在这里还写过"好雨知时节，当春乃发生"。

擂主争霸赛答案

1. 鸟宿池边树，僧敲月下门。
2. 两岸青山相对出，孤帆一片日边来。
3. 接天莲叶无穷碧，映日荷花别样红。
4. 《如梦令》

5. 唐寅（唐伯虎）
6. 柳永
7. 中秋节
8. 两个黄鹂鸣翠柳，一行白鹭上青天。

自 我 评 价

个人追逐赛			攻擂资格争夺赛		擂主争霸赛	
	1			飞花令		答对
	2					
	3			超级飞花令		道题
	4					

一语天然万古新 · 嘉宾点评

宿新市徐公店二首 · 其二

【宋】杨万里

篱落疏疏一径深，树头新绿未成阴。

儿童急走追黄蝶，飞入菜花无处寻。

杨诚斋体

杨万里写的诗妙趣横生，他写的诗也叫作"杨诚斋体"，因为他的书斋叫诚斋。杨万里也做过很大的官，宋代的文学家跟唐代的文学家不太一样，宋代的文学家做大官的很多，做学问的也很多，所以他们的诗里总是有一种浓浓的趣味。就拿这首诗来讲，它写的是春天的事情，它这个春写得实在太好了。"篱落疏疏一径深"，篱笆扎得稀稀落落的，小道也窄窄的，树上的花刚刚开始落，落了以后叶子还没长起来，所以底下还没有形成树荫。然后野菜花长起来了，这个野菜花是黄色的，小朋友要去追"黄蝴蝶"，追来追去，回来跟妈妈说，蝴蝶不见了，为

扫一扫
听专家现场讲解

什么呢？因为发现田里边全是"黄蝴蝶"，其实那黄蝴蝶呀都是野菜花，这就叫什么？这就叫妙趣！总是会让你陷入一种小小的沉思里边，觉得这里边好像蕴含着某种道理，让你忍不住停下来想一想。唐人写诗就不会这样写，唐人会"飞流直下三千尺"，这是很直白的，但是宋人不是这样，宋人会"横看成岭侧成峰，远近高低各不同"，像写论文一样论证某种道理。可是杨万里这首诗，就是典型的"诚斋体"，取法自然，一切思考都是从自然当中来的，但是又充满了童趣，实在是宋诗的典范之作。（康震）

池上二绝 · 其二

【唐】白居易

小娃撑小艇，偷采白莲回。

不解藏踪迹，浮萍一道开。

从诗词中看诗人的心境

这首诗是白居易六十三岁的时候

写的，当时他有充裕的时间，在那儿跟三五个朋友一边喝着茶，一边看着小河边上发生的趣事。我能想象得到，白居易他们当时可能都是捂着嘴看着这小孩说：这孩子多傻，自以为很聪明，偷了一堆白莲堆在船上，不绕着在莲花丛里走，还把船撑出来，在湖面上大摇大摆地划出一条水道，你是让人逮你呢，还是让人看你、夸你偷得好呢？

扫一扫
听专家现场讲解

这首诗里充满了童趣，这种童趣

荷塘蜻蜓翠鸟图（局部） 纸本
【清】于非闇

说明诗人现在早已不再关注什么朝野之上的变动，而是关注身边的生活细节了，诗人开始过日子了。他关注的焦点发生了根本性的变化，所以诗中也有了生活趣味，"不解藏踪迹，浮萍一道开"，就像在说孩子真傻，还是不老道，要让老夫去偷的话，别人肯定发现不了。（康震）

白居易为什么有这样的童趣呢？其实和他的经历有关。白居易的第一个女儿叫金銮（也有说叫"金銮子"），有了这个女儿以后，白居易非常高兴。他当时也有"朋友圈"（诗友圈），他在这个圈里边写了很多诗，晒他小女儿的手、晒她的脸、晒她的服装。但是后来很不幸，他这个女儿三岁的时候夭折了，白居易非常悲痛。白居易一生有三个孩子，夭折了两个，只有老二阿罗活下来了。白居易对他的孩子特别疼爱，这个我们从他大量的诗篇中间可以看出来。比如在《白氏长庆集》里我们可以看到大量与子女有关的诗。所以他的童趣，应当说和他的经历有关。（王立群）

月下独酌四首·其一

【唐】李白

花间一壶酒，独酌无相亲。
举杯邀明月，对影成三人。
月既不解饮，影徒随我身。

暂伴月将影，行乐须及春。
我歌月徘徊，我舞影零乱。
醒时同交欢，醉后各分散。
永结无情游，相期邈云汉。

四首诗，四种不同的个性

李白的《月下独酌》一共有四首，而且每一首的特色都是不同的。李白太有个性了，你要是认为"花间一壶酒"表达的是他当时很孤独，那就错了。李白从来都不会让自己真正陷入深刻的孤独当中，所以他在另外一首《月下独酌》里边说道："天若不爱酒，酒星不在天。地若不爱酒，地应无酒泉。""举杯邀明月，对影成三人。月既不解饮，影徒随我身。暂伴月将影，行乐须及春。"

在这首诗里重点要表达的是什么呢？是一种怀才不遇的情怀，但怀才不遇是暂时的，对李白来讲，寻求未来的前途、未来的光明，那才是永恒的主题。《月下独酌》这四首，好像四扇屏风一样，展示了李白四种完全不同的个性，但这四首诗都没能离开酒，没有了酒，没有了明月，没有了白云，李白的诗就不是李白的诗了。

（康震）

竹里馆

【唐】王维

独坐幽篁里，弹琴复长啸。
深林人不知，明月来相照。

名琴，名乐

我主要延伸来讲一下现藏于北京故宫博物院的《听琴图》。蔡京在这幅画上面题了四句诗，这四句诗是这样说的："吟徵调商灶下桐，松间疑有入松风。仰窥低审含情客，似听无弦一弄中。"大家应该知道，蔡京这个人是奸臣，但其实蔡京还是宋代四大书法家之一。"苏黄米蔡"指的就是苏轼、黄庭坚、米芾和蔡京。

在这里，蔡京用了一个"灶下桐"的典故，什么叫"灶下桐"？"灶下桐"就是焦尾琴。东汉时期的蔡邕（蔡文姬的父亲）是一个大音乐家，他有一次到一个朋友家去，朋友家里正在用桐木烧火做饭，他听见那个桐木燃烧时炸裂的声音，就知道这个桐木太难得了，立即就把它拔出来，拔出来灭了火以后，已经烧焦了一块，他用这个烧焦的桐木做了一把琴，这就是中国历史上鼎鼎有名的四大名琴之一的焦尾琴。这把焦尾琴到了南唐，被传给南唐中主李璟，又从李璟传给南唐后主李煜，又从南唐后主李煜传到宋代

停琴听阮图　纸本
【明】仇英

的宫廷，而宋徽宗还用这把名琴，弹了一段绝妙的音乐。（王立群）

清平调词三首·其三

【唐】李白

名花倾国两相欢，长得君王带笑看。
解释春风无限恨，沉香亭北倚阑干。

遵命文学

李白想着进了宫之后，能"游说万乘"，他也能在皇上面前实现自己的政治理想。但通过这首诗我们大致可以看出李白进了宫之后的工作状态。

据说当时唐玄宗在宫里边种了很多的芍药，各色各样的芍药绽放了，很美。乐工们想要歌咏这眼前的美景，玄宗皇帝表示说，今天赏的是名花，又有妃子又有美人，就不能用旧词来唱，要用新词，新词谁来写呢？就由我们国家最伟大的诗人来写，所以当时召李白，李白也确实是不负皇帝之望，挥笔写下了《清平调词三首》，这首是其中之一。"名花倾国两相欢"把国色天香的状态写得非常透彻，"长得君王带笑看"，你要说李白写这样的诗是在拍君王和妃子马屁，也可以。但通过这样的诗，我们也能够略略地窥见到玄宗皇帝和太真妃当时的生活状况，也能够想象到李白这样一个诗人，

扫一扫
听专家现场讲解

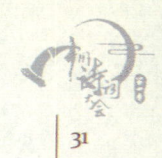

在长安城里的时候，他是怎么生活的，他又是怎么创作的。虽然《清平调词三首》是遵命文学，但李白不愧是天才诗人，依然写出了流传千古，一等一的好诗。（康震）

诗经·卫风·硕人

【先秦】佚名

硕人其颀，衣锦褧衣。齐侯之子，卫侯之妻。东宫之妹，邢侯之姨，谭公维私。

手如柔荑，肤如凝脂。领如蝤蛴，齿如瓠犀。螓首蛾眉，巧笑倩兮，美目盼兮。

硕人敖敖，说于农郊。四牡有骄，朱幩镳镳，翟茀以朝。大夫夙退，无使君劳。

河水洋洋，北流活活。施罛濊濊，鳣鲔发发，葭菼揭揭。庶姜孽孽，庶士有朅。

"世纪" 婚礼

"巧笑倩兮，美目盼兮"，出自《诗经·卫风·硕人》，写的是卫庄公和他的妻子庄姜，主要是歌颂庄姜的。庄姜之美有"三高"，第一，身材高。因为这首诗一开始就说"硕人其颀"，就说个子高。第二，颜值高。再一个呢，性情高。性情高就体现在"巧笑倩兮，美目盼兮"，所以庄姜可以算是中

国古代第一美女。这首诗写的是卫庄公和庄姜两个人的"世纪"婚礼，那时所有卫国的老百姓都为自

桃花柳燕图 纸本
【清】李鱓

己的国君能娶到这么漂亮的齐国公主而高兴，都出来看庄姜，当时的婚礼是这么一个盛大的状况。（王立群）

上李邕

【唐】李白

大鹏一日同风起，扶摇直上九万里。
假令风歇时下来，犹能簸却沧溟水。
世人见我恒殊调，见余大言皆冷笑。
宣父犹能畏后生，丈夫未可轻年少。

少年狂士与老年狂士

李白出门拜访天下名士，结果碰见了李邕，李邕当时是渝州刺史，这个人才学很好，书法也很好。李白拜访李邕的时候，表现得很放松，他把他的狂劲全使出来了，结果这一使出来，李邕不高兴了。一个是绩优股，一个是潜力股，两个人碰到一块，弄得很不开心，所以李白一气之下写了这首诗。这首诗的主旨就一句话：不要小看我。其实李邕也是一个好人，也是个狂士，一个少年狂士遇到了一个老年狂士，两个人就怼到一块儿了，所以李邕看到李白的诗以后，他自言自语地说：这李白比我当年还牛。第二次，二李（李白和李邕）在海州相见，一唠家常，一说他们都是姓李的，两个人还攀了亲戚，于是就和好了。（王立群）

扫一扫
听专家现场讲解

兰竹图　纸本
【清】郑燮

李凭箜篌引

【唐】李贺

吴丝蜀桐张高秋，空山凝云颓不流。
江娥啼竹素女愁，李凭中国弹箜篌。
昆山玉碎凤凰叫，芙蓉泣露香兰笑。
十二门前融冷光，二十三丝动紫皇。
女娲炼石补天处，石破天惊逗秋雨。
梦入神山教神妪，老鱼跳波瘦蛟舞。

吴质不眠倚桂树，露脚斜飞湿寒兔。

此诗只应天上有

大家都知道，李贺有一个绰号叫"诗鬼"。我们读白居易的《琵琶行》，"大弦嘈嘈如急雨，小弦切切如私语。嘈嘈切切错杂弹，大珠小珠落玉盘。"就会感到自己好像听见了琵琶弹奏一样。但李贺跟你说箜篌弹奏是"昆山玉碎"，你听过昆仑山的美玉碎的声音吗？凤凰鸣叫的声音呢？恐怕有的人连孔雀的声音都没听过。你又知不知道芙蓉花是怎么哭的？香兰花是怎么笑的呢？"十二门前融冷光""二十三丝动紫皇""女娲炼石"，所有这一切，特别是这个"老鱼跳波瘦蛟舞"，一条年迈的鱼在跳舞，一条瘦骨嶙峋的蛟龙在跳舞，你见过吗？你听过吗？都没有。严格来讲，这些都属于幻想，所以李贺诗中描写的音乐，"此曲只应天上有，人间能得几回闻"，他极尽夸张幻想之能事，可以说李贺的诗直接挑战了中国古代诗人想象力的极限。（康震）

扫一扫
听专家现场讲解

七律·和郭沫若同志
【现代】毛泽东

一从大地起风雷，便有精生白骨堆。
僧是愚氓犹可训，妖为鬼蜮必成灾。

金猴奋起千钧棒，玉宇澄清万里埃。
今日欢呼孙大圣，只缘妖雾又重来。

需要"火眼金睛"的时代

我特别喜欢这首诗，有一年猴年，我就给我们家写了一副对联，写的就是"金猴奋起千钧棒，玉宇澄清万里埃"。这首诗的创作背景是这样的：1961年10月，郭沫若看了浙江省绍兴剧团演的《孙悟空三打白骨精》之后，很有感触，看得很生气，觉得唐僧简直是糊涂，所以郭沫若就写了一首诗发表了，诗里边有两句叫"千刀当剐唐僧肉，一拔何亏大圣毛"。说这唐僧要"千刀万剐"。"教育及时堪赞赏，猪犹智慧胜愚曹"，那猪八戒都比唐僧强，当然后来经过教育，唐僧也算转过弯，认识到自己的错误了。

这首诗登出来之后毛泽东看到了，认为郭沫若分不清敌友，不知道哪个是朋友，哪个是敌人，所以毛泽东就很快唱和了一首："僧是愚氓犹可训，妖为鬼蜮必成灾"，唐僧眼睛是有问题，但唐僧是我们要团结的对象，是和我们一个阵营的，那妖怪才是真正的敌人，所以"金猴奋起千钧棒，玉宇澄清万里埃。今日欢呼孙大圣，只缘妖雾又重来"。我觉得这两联

扫一扫
听专家现场讲解

何曰遂素怀写以作归宿绕屋种梅
花罢回梅花屋杭墨浦太史句
薇珊老伯大人鉴之丙戌爰月昌硕吴俊

墨梅 纸本
【清】吴昌硕

非常"给力",现在我们为什么天天要演《孙悟空三打白骨精》,就是因为这个世界上还有坏人,所以我们这个时代需要孙行者,我们这个时代需要火眼金睛,我们这个时代更需要一万三千五百斤的如意金箍棒。（康震）

卜算子·咏梅

【现代】毛泽东

风雨送春归,飞雪迎春到。已是悬崖百丈冰,犹有花枝俏。

俏也不争春,只把春来报。待到山花烂漫时,她在丛中笑。

梅花自香

毛泽东的这首《卜算子·咏梅》不仅词的内容非常健朗俊秀,这书法也可以说是相得益彰。自从陆游写了《卜算子·咏梅》之后,历代文人对它都赞不绝口,而且唱和者甚多,但是大体跳不出陆游创作的窠臼,那调子算定下了,就是孤芳自赏,就是一种唯我独美、唯我独香的主题。毛泽东这首词应该说是一个根本的转折点,改变了咏梅的这种母体模式,使得咏梅具有了新的主题传统:愈是艰难、愈是严寒时,梅花绽放得更加俊俏。

"风雨送春归,飞雪迎春到",春天不是从暖融融当中来的,而是在风雨和飞雪当中到来的。这就能看出作者

的价值观和思想境界，以及他考虑问题的高度，那是横绝古人的。虽然说陆游的《咏梅》也是几百年前的一首经典佳作，但是毛泽东的《卜算子·咏梅》更是新时代的新经典和新佳作，所以我们说境界不同写出来的诗词也不同。（康震）

扫一扫
听专家现场讲解

所以说有一种遇见叫"踏雪寻春"，在通往春天的风雪中，没有任何力量能够阻止梅花的怒放，你若盛开，春天到来。（王立群）

长恨歌

【唐】白居易

汉皇重色思倾国，御宇多年求不得。
杨家有女初长成，养在深闺人未识。
天生丽质难自弃，一朝选在君王侧。
回眸一笑百媚生，六宫粉黛无颜色。
春寒赐浴华清池，温泉水滑洗凝脂。
侍儿扶起娇无力，始是新承恩泽时。
云鬓花颜金步摇，芙蓉帐暖度春宵。
春宵苦短日高起，从此君王不早朝。
承欢侍宴无闲暇，春从春游夜专夜。
后宫佳丽三千人，三千宠爱在一身。
金屋妆成娇侍夜，玉楼宴罢醉和春。
姊妹弟兄皆列土，可怜光彩生门户。
遂令天下父母心，不重生男重生女。
骊宫高处入青云，仙乐风飘处处闻。
缓歌慢舞凝丝竹，尽日君王看不足。
渔阳鼙鼓动地来，惊破霓裳羽衣曲。
九重城阙烟尘生，千乘万骑西南行。
翠华摇摇行复止，西出都门百余里。

六军不发无奈何，宛转蛾眉马前死。
花钿委地无人收，翠翘金雀玉搔头。
君王掩面救不得，回看血泪相和流。
黄埃散漫风萧索，云栈萦纡登剑阁。
峨嵋山下少人行，旌旗无光日色薄。
蜀江水碧蜀山青，圣主朝朝暮暮情。
行宫见月伤心色，夜雨闻铃肠断声。
天旋地转回龙驭，到此踌躇不能去。
马嵬坡下泥土中，不见玉颜空死处。
君臣相顾尽沾衣，东望都门信马归。
归来池苑皆依旧，太液芙蓉未央柳。
芙蓉如面柳如眉，对此如何不泪垂。
春风桃李花开日，秋雨梧桐叶落时。
西宫南苑多秋草，落叶满阶红不扫。
梨园弟子白发新，椒房阿监青娥老。
夕殿萤飞思悄然，孤灯挑尽未成眠。
迟迟钟鼓初长夜，耿耿星河欲曙天。
鸳鸯瓦冷霜华重，翡翠衾寒谁与共?
悠悠生死别经年，魂魄不曾来入梦。
临邛道士鸿都客，能以精诚致魂魄。
为感君王辗转思，遂教方士殷勤觅。
排空驭气奔如电，升天入地求之遍。
上穷碧落下黄泉，两处茫茫皆不见。
忽闻海上有仙山，山在虚无缥缈间。
楼阁玲珑五云起，其中绰约多仙子。
中有一人字太真，雪肤花貌参差是。
金阙西厢叩玉扃，转教小玉报双成。
闻道汉家天子使，九华帐里梦魂惊。
揽衣推枕起徘徊，珠箔银屏迤逦开。
云鬓半偏新睡觉，花冠不整下堂来。
风吹仙袂飘飖举，犹似霓裳羽衣舞。
玉容寂寞泪阑干，梨花一枝春带雨。
含情凝睇谢君王，一别音容两渺茫。
昭阳殿里恩爱绝，蓬莱宫中日月长。
回头下望人寰处，不见长安见尘雾。
唯将旧物表深情，钿合金钗寄将去。

钗留一股合一扇，钗擘黄金合分钿。
但教心似金钿坚，天上人间会相见。
临别殷勤重寄词，词中有誓两心知。
七月七日长生殿，夜半无人私语时。
在天愿作比翼鸟，在地愿为连理枝。
天长地久有时尽，此恨绵绵无绝期。

千古绝唱

"汉皇重色思倾国，御宇多年求不得"从这开始一直到"临邛道士鸿都客，能以精诚致魂魄"之前，说的全是真事，虽然里边有白居易抒情性的描写，但不管怎么讲，这都是基于历史的事实。从"临邛道士鸿都客"开始，就全部属于文学虚构了。那我们现在就要问一个问题，"李杨"（唐玄宗和杨贵妃）光是历史的事实就足够令人咏叹，为什么白居易后边还要续这么一大段虚构的故事呢？其实是因为白居易对于"李杨"的故事有他自己不得不说的话，他必须要在这诗里头说出他自己特别想说的话。因为从某种意义上来讲，"李杨"和"李杨"的爱情是那个时代的象征，华贵、开放、盛大，像牡丹花一样。正因为这样，所以杨贵妃的哭就特别地动人，特别地令人怜惜。我们已经离那个时代很远很远了，之所以说这首诗能成为千古绝唱，是因为诗人在这首诗里寄寓着很深的情感。最重要的是，白居易真是个写情的

扫一扫
听专家现场讲解

高手，写这么长的一首诗，每一句都是精品，这个太难了，我觉得他的才华堪比李白。（康震）

木兰诗（节选）

【南北朝】佚名

爷娘闻女来，出郭相扶将；阿姊闻妹来，当户理红妆；小弟闻姊来，磨刀霍霍向猪羊。开我东阁门，坐我西阁床，脱我战时袍，著我旧时裳。当窗理云鬓，对镜帖花黄。出门看火伴，火伴皆惊忙：同行十二年，不知木兰是女郎！

爱美之心人人有

爱美之心，人皆有之。《木兰诗》中间有两句"当窗理云鬓，对镜帖花黄"就是写的额黄妆。中国古代男子也是化妆的，刘邦的儿子汉惠帝在位时期，所有郎官上班的时候一律要化妆，而且政府给你免费提供化妆品。所以到了三国时期，化妆就成为风气了。当时男子化妆主要是敷粉，其实当时的一些名家，像曹植、嵇康、潘岳都化妆。一直到宋代，男子化妆的风气才开始淡下来，到了清代男子就完全不化妆了。

（王立群）

第七场

身无彩凤双飞翼，心有灵犀一点通[1]

　　如果我问你，这世间有哪些美好的事物？爱情，一定是一个必不可少的答案，它可以天真如"郎骑竹马来，绕床弄青梅"[2]，也可以挚爱如"一日不见兮，思之如狂"[3]；它可以平凡如"上言加餐食，下言长相忆"[4]，也可以珍惜如"曾经沧海难为水，除却巫山不是云"[5]。

　　今天就让我们在《中国诗词大会》花开四季的舞台上，斟满黄藤酒，推开小轩窗，借着昨夜星辰昨夜风，再一次来咏叹爱情"直教生死相许"的最美的样子。

——董卿（《中国诗词大会》主持人）

扫一扫
听专家现场讲解

1　《无题》【唐】李商隐
　　昨夜星辰昨夜风，画楼西畔桂堂东。身无彩凤双飞翼，心有灵犀一点通。隔座送钩春酒暖，分曹射覆蜡灯红。嗟余听鼓应官去，走马兰台类转蓬。

2　《长干行二首·其一》【唐】李白
　　妾发初覆额，折花门前剧。郎骑竹马来，绕床弄青梅。同居长干里，两小无嫌猜。十四为君妇，羞颜未尝开。低头向暗壁，千唤不一回。十五始展眉，愿同尘与灰。常存抱柱信，岂上望夫台。十六君远行，瞿塘滟滪堆。五月不可触，猿声天上哀。门前迟行迹，一一生绿苔。苔深不能扫，落叶秋风早。八月蝴蝶黄，双飞西园草。感此伤妾心，坐愁红颜老。早晚下三巴，预将书报家。相迎不道远，直至长风沙。

3　《凤求凰》【汉】司马相如
　　有美一人兮，见之不忘。一日不见兮，思之如狂。凤飞翱翔兮，四海求凰。无奈佳人兮，不在东墙。将琴代语兮，聊写衷肠。何时见许兮，慰我彷徨。愿言配德兮，携手相将。不得於飞兮，使我沦亡。

4　《饮马长城窟行》【汉】佚名
　　青青河畔草，绵绵思远道。远道不可思，宿昔梦见之。梦见在我旁，忽觉在他乡。他乡各异县，展转不相见。枯桑知天风，海水知天寒。入门各自媚，谁肯相为言！客从远方来，遗我双鲤鱼。呼儿烹鲤鱼，中有尺素书。长跪读素书，书中竟何如？上言加餐食，下言长相忆。

5　《离思五首·其四》【唐】元稹
　　曾经沧海难为水，除却巫山不是云。取次花丛懒回顾，半缘修道半缘君。

"上邪！我欲与君相知，长命无绝衰。山无陵，江水为竭。冬雷震震，夏雨雪。天地合，乃敢与君绝！"[6]我想这首诗代表了女主人公对爱情的一份执着和坚定，她要将爱情进行到底，我想我们对于中华优秀诗词和优秀传统文化的热爱也要进行到底。

——康震（北京师范大学文学院教授、博士生导师）

我特别喜欢清代诗人黄景仁《绮怀》里面的几句诗，"几回花下坐吹箫，银汉红墙入望遥。似此星辰非昨夜，为谁风露立中宵。"[7]我想爱情最美的状态也许就是无论是相依相伴，还是相思相望；无论是暂时在一起，还是暂时不在一起，都会执着地守望、追求，而且有一种心灵相会的默契，这就是爱情最美的状态。

——杨雨（中南大学文学与新闻传播学院教授、博士生导师）

扫一扫
看专家现场致辞

---

6 《上邪》〔汉〕佚名
　　上邪！我欲与君相知，长命无绝衰。山无陵，江水为竭。冬雷震震，夏雨雪。天地合，乃敢与君绝！

7 《绮怀十六首·其十五》〔清〕黄景仁
　　几回花下坐吹箫，银汉红墙入望遥。似此星辰非昨夜，为谁风露立中宵。缠绵思尽抽残茧，宛转心伤剥后蕉。三五年时三五月，可怜杯酒不曾消。

诗词之乐何处寻？

个人追逐赛

1号选手

郑贵阳

俱怀逸兴壮思飞，欲上青天览明月。

宣州谢朓楼饯别校书叔云（节选）

【唐】李白

蓬莱文章建安骨，中间小谢又清发。

俱怀逸兴壮思飞，欲上青天览明月。

抽刀断水水更流，举杯消愁愁更愁。

人生在世不称意，明朝散发弄扁舟。

郑贵阳：来自河北省邢台市，目前在北京工作，是一名空中乘务员。在"个人追逐赛"环节共答对6道题，得分130分。获得"个人追逐赛"冠军，并进入"攻擂资格争夺赛"环节。

1. 请从以下九个字中识别一句五言唐诗。

天	空	山
不	见	闻
中	鸡	上

【分值：45】

2. 请从以下十二个字中识别一句七言唐诗。

昔	人	乘	不
黄	鹤	去	已
返	己	复	一

【分值：29】

3. 请对上句。

碧	海	青	天	夜	夜	心
偷	悔	掷	与		灵	
应	药	嫦	因		娥	

【分值：10】

4. 毛泽东诗"斑竹一枝千滴泪，红霞万朵百重衣"中，"斑竹"与下列哪个传说中的人物有关？ （ ）

A 湘妃

B 山鬼

C 龙女

【分值：5】

5. 李白诗"大鹏一日同风起，扶摇直上九万里"的大鹏来自哪里？ （ ）

A 东冥

B 南冥

C 北冥

【分值：9】

6. 请问下列哪联诗句描写的是杨贵妃？ （ ）

A 若非群玉山头见，会向瑶台月下逢。

B 却嫌脂粉污颜色，淡扫蛾眉朝至尊。

C 画图省识春风面，环佩空归夜月魂。

【分值：32】

7. 请从以下九个字中识别一句五言唐诗。

二	春	能
花	剪	似
开	刀	月

【分值：15】

8. 请从以下九个字中识别一句五言唐诗。

风	夜	归
雪	江	钓
寒	仁	独

【分值：15】

计算得分：

选手未答出的题目按 15 分计算。

2号选手

李宇泽

新丰美酒斗十千，咸阳游侠多少年。

少年行四首·其一
【唐】王维

新丰美酒斗十千，咸阳游侠多少年。
相逢意气为君饮，系马高楼垂柳边。

李宇泽： 来自十三朝古都陕西咸阳，现在在美丽的天府之国四川成都工作，就职于国家电网成都供电公司。在"个人追逐赛"环节共答对 2 道题，得分 56 分。

1. 请从以下九个字中识别一句五言唐诗。

暮	远	江
愁	日	苍
山	客	东

2. 请从以下十二个字中识别一句七言唐诗。

飞	谢	不	城
满	却	减	花
处	天	春	无

【分值：19】　　　　　　　　　【分值：15】

3. 请对上句。

人	生	七	十	古	来	稀
寻	姓	有	常	行		
处	酒	百	飞	债		

【分值：15】

4. 毛泽东词句"茫茫九派流中国"中"九派"的本义是什么？　　（　　）

A 贯穿中国的九条大河

B 长江的九条支流

C 比喻敌军林立的派系

【分值：37】

5. 请问以下哪一个词牌与浙江名山天台山的传说有关？　　（　　）

A《天仙子》

B《阮郎归》

C《瑞鹤仙》

【分值：15】

6. 以下哪一句诗的内容与竹子无关？　　（　　）

A 时人不识凌云木，直待凌云始道高。

B 爆竹声中一岁除，春风送暖入屠苏。

C 管城子无食肉相，孔方兄有绝交书。

【分值：15】

7. 请对上句。

天	地	一	沙	鸥	
漂	渺	何	飘	思	
飘	似	漂	所	渺	

【分值：15】

8. 请对上句。

将	登	太	行	雪	满	山
黄	川	渡	在	冰		
江	塞	欲	河	何		

【分值：15】

计算得分：

选手未答出的题目按 15 分计算。

你说我猜

在 180 秒内给出下列题目的答案。

1. "临行密密缝"的前两句诗是什么？

2. "一枝红杏出墙来"出自哪首诗？

3. "众里寻他千百度"的后两句词是什么？

4. "红藕香残玉簟秋"出自什么词牌名？

5. "床前明月光"出自哪首诗？

6. 《题都城南庄》的末尾两句诗是什么？

7. 《长歌行》的前两句诗是什么？

8. 字义山且与杜牧齐名的一位晚唐诗人是谁？

🦋 1. _____ 🦋 2. _____

🦋 3. _____ 🦋 4. _____

🦋 5. _____ 🦋 6. _____

🦋 7. _____ 🦋 8. _____

3号选手

扫一扫
看选手精彩答题

张沛然

何须浅碧深红色，自是花中第一流。

鹧鸪天·桂花

【宋】李清照

暗淡轻黄体性柔，情疏迹远只香留。何须浅碧深红色，自是花中第一流。

梅定妒，菊应羞，画阑开处冠中秋。骚人可煞无情思，何事当年不见收？

张沛然：来自山东济南，是济南市经五路小学六年级的一名学生。在"个人追逐赛"环节共答对 1 道题，得分 26 分。

1. 请从以下九个字中识别一句五言唐诗。

孤	田	病
舟	竺	有
蓑	老	翁

【分值：26】

2. 请从以下十二个字中识别一句毛泽东诗词。

信	人	须	自
百	二	生	得
上	尽	年	意

【分值：15】

3. 请对上句。

凭	君	传	语	报	平	安
马	无	聚	笔	逢		
纸	不	相	缝	上		

【分值：15】

4. 请从以下九个字中识别一句汉代诗。

一		难		倾
再		顾		佳
人		求		城

【分值：15】

5. 请从以下十二个字中识别一句唐诗。

出	月	花	胜
省	江	霜	日
叶	红	二	火

【分值：15】

6. 请从以下十二个字中识别一句七言唐诗。

空	孤	是	影
远	皆	江	尽
千	碧	帆	过

【分值：15】

7. 下面是马王堆汉墓出土的帛画，下列哪联诗提到了与图中相类似的活动？　　　　（　　）

A 风吹仙袂飘飘举，犹似霓裳羽衣舞。

B 闻道偏为五禽戏，出门鸥鸟更相亲。

C 战士军前半死生，美人帐下犹歌舞。

【分值：15】

8. 如今，点外卖已经成了年轻人生活的重要方式，但是自己做饭也别有生活的乐趣。以下哪一项诗句描写的是做饭的经历？　　　　（　　）

A 弃捐勿复道，努力加餐饭！

B 长江绕郭知鱼美，好竹连山觉笋香。

C 夜雨剪春韭，新炊间黄粱。

【分值：15】

计算得分：

选手未答出的题目按 15 分计算。

出口成诗

在 150 秒内说出和以下 12 个关键词有关联的诗句。

1. 梅花	2. 浮云	3. 周瑜	4. 烟雨
5. 诸葛亮	6. 寒食	7. 天涯	8. 沙场
9. 汴梁	10. 大雁	11. 将军	12. 知己

❀ 1. _____

❀ 2. _____

❀ 3. _____

❀ 4. _____

❀ 5. _____

❀ 6. _____

❀ 7. _____

❀ 8. _____

❀ 9. _____

❀ 10. _____

❀ 11. _____

❀ 12. _____

4号选手

扫一扫
看选手精彩答题

张　鑫

我是梦中传彩笔，欲书花叶寄朝云。

牡丹

【唐】李商隐

锦帏初卷卫夫人，绣被犹堆越鄂君。

垂手乱翻雕玉佩，招腰争舞郁金裙。

石家蜡烛何曾剪，荀令香炉可待熏。

我是梦中传彩笔，欲书花叶寄朝云。

张　鑫：来自中国人民大学，现在是哲学院的一名学生。在"个人追逐赛"环节共答对 6 道题，得分 85 分。

1. 请从以下九个字中识别一句五言唐诗。

月	高	黑
归	雁	升
入	胡	天

2. 请从以下十二个字中识别一句宋代词句。

双	燕	归	雨
似	曾	来	识
花	相	细	去

【分值：10】　　　　　　　　【分值：10】

3. 请对上句。

上	有	黄	鹂	深	树	鸣
春	草	涧	独	间		
幽	生	可	边	怜		

【分值：15】

4. 请对上句。

烟	波	江	上	使	人	愁
关	川	日	树	乡		
处	暮	幕	何	是		

【分值：15】

5. 下列咏蝉名句中，哪一联能激励我们积极上进？ （   ）

A 居高声自远，非是藉秋风。

B 露重飞难进，风多响易沉。

C 本以高难饱，徒劳恨费声。

【分值：15】

6. 以下哪一项提到的"牛"与其他两项不同？ （   ）

A 班姬此夕愁无限，河汉三更看斗牛。

B 日之夕矣，羊牛下来。

C 烹羊宰牛且为乐，会须一饮三百杯。

【分值：15】

7. "一愿郎君千岁，二愿妾身常见，三愿如同梁上燕"中哪个字是错误的？ （   ）

A 郎×——夫   B 见×——健   C 梁×——堂

【分值：20】

8. 以下哪一项是正确的？ （   ）

A 无人尽日看微雨，鸳鸯相对浴红衣。

B 尽日无人看微雨，鸳鸯相对浴红衣。

C 无人尽日看微雨，鸳鸯相对沐红衣。

【分值：15】

计算得分：

选手未答出的题目按 15 分计算。

个人追逐赛答案、解析与拓展

1号选手题

1. 答案：空中闻天鸡

本题考查的诗词为：

梦游天姥吟留别

【唐】李白

海客谈瀛洲，烟涛微茫信难求；越人语天姥，云霞明灭或可睹。天姥连天向天横，势拔五岳掩赤城。天台四万八千丈，对此欲倒东南倾。

我欲因之梦吴越，一夜飞度镜湖月。湖月照我影，送我至剡溪。谢公宿处今尚在，渌水荡漾清猿啼。脚著谢公屐，身登青云梯。半壁见海日，空中闻天鸡。千岩万转路不定，迷花倚石忽已暝。熊咆龙吟殷岩泉，栗深林兮惊层巅。云青青兮欲雨，水澹澹兮生烟。列缺霹雳，丘峦崩摧。洞天石扉，訇然中开。青冥浩荡不见底，日月照耀金银台。霓为衣兮风为马，云之君兮纷纷而来下。虎鼓瑟兮鸾回车，仙之人兮列如麻。忽魂悸以魄动，恍惊起而长嗟。惟觉时之枕席，失向来之烟霞。

世间行乐亦如此，古来万事东流水。别君去兮何时还？且放白鹿青崖间，须行即骑访名山。安能摧眉折腰事权贵，使我不得开心颜！

干扰项：空山不见人（【唐】王维《鹿柴》）。

2. 答案：黄鹤一去不复返

本题考查的诗词为：

黄鹤楼

【唐】崔颢

昔人已乘黄鹤去，此地空余黄鹤楼。黄鹤一去不复返，白云千载空悠悠。晴川历历汉阳树，芳草萋萋鹦鹉洲。日暮乡关何处是？烟波江上使人愁。

干扰项：昔人已乘黄鹤去（【唐】崔颢《黄鹤楼》）。

3. 答案：嫦娥应悔偷灵药

本题考查的诗词为：

嫦娥

【唐】李商隐

云母屏风烛影深，长河渐落晓星沉。嫦娥应悔偷灵药，碧海青天夜夜心。

干扰项：应是嫦娥掷与人（【唐】皮日休《天竺寺八月十五日夜桂子》）。

4. 答案：A

本题考查的诗词为：

七律·答友人

【现代】毛泽东

九嶷山上白云飞，帝子乘风下翠微。斑竹一枝千滴泪，红霞万朵百重衣。洞庭波涌连天雪，长岛人歌动地诗。我欲因之梦寥廓，芙蓉国里尽朝晖。

解析：斑竹也叫湘妃竹，相传舜帝二妃娥皇、女英听闻舜的死讯，泪洒青竹。斑竹上的紫色斑迹，就是当年二妃洒下的泪痕。

5. 答案：C

本题考查的诗词为：

上李邕

【唐】李白

大鹏一日同风起，扶摇直上九万里。
假令风歇时下来，犹能簸却沧溟水。
世人见我恒殊调，见余大言皆冷笑。
宣父犹能畏后生，丈夫未可轻年少。

解析：大鹏是李白诗赋中常常借以自况的意象，它既是自由的象征，又是惊世骇俗的理想和志趣的象征。开元十三年（725年），青年李白出蜀漫游，在江陵遇见道士司马承祯，司马称李白"有仙风道骨焉，可与神游八极之表"，李白当即作《大鹏遇希有鸟赋并序》（后改为《大鹏赋》），自比为庄子《逍遥游》中的大鹏。

在这首诗中，前四句中李白也以大鹏自比。大鹏是《逍遥游》中的神鸟，"北冥有鱼，其名为鲲，鲲之大，不知其几千里也；化而为鸟，其名为鹏"。传说这只神鸟其大"不知其几千里也""其翼若垂天之云"，翅膀拍下水就是三千里，扶摇直上，可高达九万里。大鹏是庄子哲学中自由的象征，理想的图腾。李白年轻时胸怀大志，非常自负，又深受道家哲学的影响，心中充满了浪漫的幻想和宏伟的抱负。这只大鹏即使不借助风的力量，以它扇动翅膀的力量，也能将沧溟之水一簸而干，这里极力夸大了大鹏的神力。在前四句诗中，诗人寥寥数笔，就勾画出一个力簸沧海的大鹏形象——也是年轻诗人自己的形象。

6. 答案：A

本题考查的诗词为：

清平调词三首·其一

【唐】李白

云想衣裳花想容，春风拂槛露华浓。
若非群玉山头见，会向瑶台月下逢。

集灵台二首·其二

【唐】张祜

虢国夫人承主恩，平明骑马入宫门。
却嫌脂粉污颜色，淡扫蛾眉朝至尊。

咏怀古迹五首·其三

【唐】杜甫

群山万壑赴荆门，生长明妃尚有村。
一去紫台连朔漠，独留青冢向黄昏。
画图省识春风面，环珮空归夜月魂。
千载琵琶作胡语，分明怨恨曲中论。

解析：A 句写的是杨贵妃；B 句写的是虢国夫人；C 句写的是王昭君。

7. 答案：能开二月花

本题考查的诗词为：

风

【唐】李峤

解落三秋叶，能开二月花。

过江千尺浪，入竹万竿斜。

干扰项：二月春风似剪刀（【唐】贺知章《咏柳》）。

8. 答案：独钓寒江雪

本题考查的诗词为：

江雪

【唐】柳宗元

千山鸟飞绝，万径人踪灭。

孤舟蓑笠翁，独钓寒江雪。

干扰项：风雪夜归人（【唐】刘长卿《逢雪宿芙蓉山主人》）。

2 号选手题

1. 答案：日暮苍山远

本题考查的诗词为：

逢雪宿芙蓉山主人

【唐】刘长卿

日暮苍山远，天寒白屋贫。

柴门闻犬吠，风雪夜归人。

干扰项：日暮客愁新（【唐】孟浩然《宿建德江》）、江东日暮云（【唐】杜甫《春日忆李白》）。

2. 答案：春城无处不飞花

本题考查的诗词为：

寒食

【唐】韩翃

春城无处不飞花，寒食东风御柳斜。

日暮汉宫传蜡烛，轻烟散入五侯家。

干扰项：一片花飞减却春（【唐】杜甫《曲江二首》）、花谢花飞花满天（【清】曹雪芹《葬花吟》）。

3. 答案：酒债寻常行处有

本题考查的诗词为：

曲江二首·其二

【唐】杜甫

朝回日日典春衣，每日江头尽醉归。

酒债寻常行处有，人生七十古来稀。

穿花蛱蝶深深见，点水蜻蜓款款飞。

传语风光共流转，暂时相赏莫相违。

干扰项：飞入寻常百姓家（【唐】刘禹锡《乌衣巷》）。

4. 答案：B

本题考查的诗词为：

菩萨蛮·黄鹤楼

【现代】毛泽东

茫茫九派流中国，沉沉一线穿南北。烟雨莽苍苍，龟蛇锁大江。

黄鹤知何去？剩有游人处。把酒酹滔滔，心潮逐浪高！

解析："九派"指长江到湖北、江西、九江一带有九条支流，后也用来泛指长江。

5. 答案：B

解析：这三个词牌中，只有《阮郎归》与天台山的传说有关。阮郎，指阮肇。相传东汉永平年间，浙江剡县人刘晨和阮肇到天台山采药时迷路，遇到两个仙女，被邀至家中。两人半年后回到家中，子孙已过七代。他们后来再次到天台山寻访仙女，仙女踪迹已杳。

《天仙子》，原为唐教坊曲名，后用作词牌名，据唐人段安节《乐府杂录》云："《天仙子》本名《万斯年》。李德裕进，属龟兹部舞曲。因皇甫松词有'懊恼天仙应有以'句，取以为名"。

《瑞鹤仙》，据《宋史·五行志》记载："至和三年（1056）九月大飨明堂，有鹤回翔堂下；明日，又翔于上清宫。是时所在言瑞鹤，宰臣等表贺，不可胜纪。"今存宋词中最早用《瑞鹤仙》词牌的，是黄庭坚的词。

6. 答案：A

本题考查的诗词为：

小松

【唐】杜荀鹤

自小刺头深草里，而今渐觉出蓬蒿。
时人不识凌云木，直待凌云始道高。

元日

【宋】王安石

爆竹声中一岁除，春风送暖入屠苏。
千门万户瞳瞳日，总把新桃换旧符。

戏呈孔毅父

【宋】黄庭坚

管城子无食肉相，孔方兄有绝交书。
文章功用不经世，何异丝窠缀露珠。
校书著作频诏除，犹能上车问何如！
忽忆僧床同野饭，梦随秋雁到东湖。

解析：A句出自杜荀鹤《小松》，是写松树的。B句出自王安石《元日》，"爆竹声中一岁除"是说过年时用火烧烤竹子发出"噼啪"的声响用来辟邪。C句出自黄庭坚《戏呈孔毅父》，"管城子"是用韩愈《毛颖传》典故，"管城子"是指用竹管做成的毛笔。

7. 答案：飘飘何所似

本题考查的诗词为：

旅夜书怀

【唐】杜甫

细草微风岸，危樯独夜舟。
星垂平野阔，月涌大江流。
名岂文章著，官因老病休。
飘飘何所似，天地一沙鸥。

干扰项："渺渺""漂"。

8. 答案：欲渡黄河冰塞川

本题考查的诗词为：

行路难三首·其一

【唐】李白

金樽清酒斗十千，玉盘珍羞直万钱。
停杯投箸不能食，拔剑四顾心茫然。
欲渡黄河冰塞川，将登太行雪满山。
闲来垂钓碧溪上，忽复乘舟梦日边。
行路难！行路难！多歧路，今安在？
长风破浪会有时，直挂云帆济沧海。

你说我猜参考答案：

1. 慈母手中线，游子身上衣。

2.《游园不值》

3. 蓦然回首，那人却在灯火阑珊处。

4.《一剪梅》

5.《静夜思》

6. 人面不知何处去，桃花依旧笑春风。

7. 青青园中葵，朝露待日晞。

8. 李商隐

3号选手题

1. 答案：老病有孤舟

本题考查的诗词为：

登岳阳楼

【唐】杜甫

昔闻洞庭水，今上岳阳楼。
吴楚东南坼，乾坤日夜浮。
亲朋无一字，老病有孤舟。
戎马关山北，凭轩涕泗流。

干扰项：孤舟蓑笠翁（【唐】柳宗元《江雪》）。

2. 答案：自信人生二百年

本题考查的诗词为：

七古·残句

【现代】毛泽东

自信人生二百年，会当水击三千里。

干扰项：人生得意须尽欢（【唐】李白《将进酒》）。

3. 答案：马上相逢无纸笔

本题考查的诗词为：

逢入京使

【唐】岑参

故园东望路漫漫，双袖龙钟泪不干。
马上相逢无纸笔，凭君传语报平安。

干扰项："缝"。

4. 答案：一顾倾人城

本题考查的诗词为：

北方有佳人

【汉】李延年

北方有佳人，绝世而独立。

一顾倾人城，再顾倾人国。
宁不知倾城与倾国？佳人难再得！

干扰项：佳人难再得（【汉】李延年《北方有佳人》）。

5.答案：日出江花红胜火

本题考查的诗词为：

忆江南三首·其一

【唐】白居易

江南好，风景旧曾谙。日出江花红胜火，春来江水绿如蓝。能不忆江南？

干扰项：霜叶红于二月花（【唐】杜牧《山行》）。

6.答案：孤帆远影碧空尽

本题考查的诗词为：

黄鹤楼送孟浩然之广陵

【唐】李白

故人西辞黄鹤楼，烟花三月下扬州。孤帆远影碧空尽，唯见长江天际流。

干扰项：过尽千帆皆不是（【唐】温庭筠《望江南》）。

7.答案：B

本题考查的诗词为：

长恨歌（节选）

【唐】白居易

风吹仙袂飘飘举，犹似霓裳羽衣舞。
玉容寂寞泪阑干，梨花一枝春带雨。

含情凝睇谢君王，一别音容两渺茫。
昭阳殿里恩爱绝，蓬莱宫中日月长。

从崔中丞过卢少尹郊居

【唐】柳宗元

寓居湘岸四无邻，世网难婴每自珍。
莳药闲庭延国老，开樽虚室值贤人。
泉回浅石依高柳，径转垂藤闲绿筠。
闻道偏为五禽戏，出门鸥鸟更相亲。

燕歌行

【唐】高适

汉家烟尘在东北，汉将辞家破残贼。
男儿本自重横行，天子非常赐颜色。
摐金伐鼓下榆关，旌旆逶迤碣石间。
校尉羽书飞瀚海，单于猎火照狼山。
山川萧条极边土，胡骑凭陵杂风雨。
战士军前半死生，美人帐下犹歌舞。
大漠穷秋塞草腓，孤城落日斗兵稀。
身当恩遇恒轻敌，力尽关山未解围。
铁衣远戍辛勤久，玉箸应啼别离后。
少妇城南欲断肠，征人蓟北空回首。
边庭飘飖那可度，绝域苍茫更何有？
杀气三时作阵云，寒声一夜传刁斗。
相看白刃血纷纷，死节从来岂顾勋？
君不见沙场征战苦，至今犹忆李将军。

解析：图为汉代《导引图》，而五禽戏是导引术的一种功法。

拓展：《导引图》是中国西汉的绘画作品，出土于湖南省长沙市马王堆三号汉墓，长约100厘米，高约50厘米，描绘了4排共44人。人物有男女老幼之别，衣饰简朴，有的上身裸体，所有的人物动态均是当时称为

"导引"的健身动作，屈体、伸肢、跳跃、回旋，姿态各异，十分生动。根据人物动作与旁边的题字，可知是一幅运动范围式的画作，定名为《导引图》。

8. 答案：C

本题考查的诗词为：

行行重行行

【汉】佚名

行行重行行，与君生别离。
相去万余里，各在天一涯；
道路阻且长，会面安可知！
胡马依北风，越鸟巢南枝。
相去日已远，衣带日已缓；
浮云蔽白日，游子不顾返。
思君令人老，岁月忽已晚。
弃捐勿复道，努力加餐饭！

初到黄州

【宋】苏轼

自笑平生为口忙，老来事业转荒唐。
长江绕郭知鱼美，好竹连山觉笋香。
逐客不妨员外置，诗人例作水曹郎。
只惭无补丝毫事，尚费官家压酒囊。

赠卫八处士

【唐】杜甫

人生不相见，动如参与商。
今夕复何夕，共此灯烛光。
少壮能几时，鬓发各已苍。
访旧半为鬼，惊呼热中肠。

焉知二十载，重上君子堂。
昔别君未婚，儿女忽成行。
怡然敬父执，问我来何方。
问答未及已，儿女罗酒浆。
夜雨剪春韭，新炊间黄粱。
主称会面难，一举累十觞。
十觞亦不醉，感子故意长。
明日隔山岳，世事两茫茫。

解析：A 句写的是要努力加餐，保养好身体。B 句写的是诗人深知江鱼味美，又觉漫山遍野的茂竹传来阵阵笋香。C 句写的是冒着夜雨剪来了韭菜，然后煮了黄米饭。间（jiàn）黄粱指米饭中掺杂黄米。所以只有 C 句写做饭。

出口成诗参考答案：

1. 墙角数枝梅，凌寒独自开。

2. 浮云终日行，游子久不至。

3. 遥想公瑾当年，小乔初嫁了。

4. 烟雨莽苍苍，龟蛇锁大江。

5. 出师一表真名世，千载谁堪伯仲间！

6. 春城无处不飞花，寒食东风御柳斜。

7. 枝上柳绵吹又少，天涯何处无芳草。

8. 醉卧沙场君莫笑，古来征战几人回。

9. 暖风熏得游人醉，直把杭州作汴州。

10. 一点飞鸿影下，青山绿水，白草红叶黄花。

11. 将军百战死，壮士十年归。

12. 海内存知己，天涯若比邻。

4 号选手题

1. 答案：归雁入胡天

本题考查的诗词为：

使至塞上

【唐】王维

单车欲问边，属国过居延。
征蓬出汉塞，归雁入胡天。
大漠孤烟直，长河落日圆。
萧关逢候骑，都护在燕然。

干扰项：月黑雁飞高（【唐】卢纶《塞下曲六首》）。

2. 答案：似曾相识燕归来

本题考查的诗词为：

浣溪沙

【宋】晏殊

一曲新词酒一杯，去年天气旧亭台。夕阳西下几时回？

无可奈何花落去，似曾相识燕归来。小园香径独徘徊。

干扰项：双燕归来细雨中（【宋】欧阳修《采桑子》）。

3. 答案：独怜幽草涧边生

本题考查的诗词为：

滁州西涧

【唐】韦应物

独怜幽草涧边生，上有黄鹂深树鸣。
春潮带雨晚来急，野渡无人舟自横。

干扰项："间"。

4. 答案：日暮乡关何处是

本题考查的诗词为：

黄鹤楼

【唐】崔颢

昔人已乘黄鹤去，此地空余黄鹤楼。
黄鹤一去不复返，白云千载空悠悠。
晴川历历汉阳树，芳草萋萋鹦鹉洲。
日暮乡关何处是？烟波江上使人愁。

5. 答案：A

本题考查的诗词为：

蝉

【唐】虞世南

垂绥饮清露，流响出疏桐。
居高声自远，非是藉秋风。

在狱咏蝉

【唐】骆宾王

西陆蝉声唱，南冠客思侵。
那堪玄鬓影，来对白头吟？
露重飞难进，风多响易沉。
无人信高洁，谁为表予心！

蝉

【唐】李商隐

本以高难饱，徒劳恨费声。
五更疏欲断，一树碧无情。
薄宦梗犹泛，故园芜已平。

烦君最相警，我亦举家清。

6. 答案：A

本题考查的诗词为：

七夕

【唐】崔颢

长安城中月如练，家家此夜持针线。
仙裙玉佩空自知，天上人间不相见。
长信深阴夜转幽，瑶阶金阁数萤流。
班姬此夕愁无限，河汉三更看斗牛。

诗经·王风·君子于役

【先秦】佚名

君子于役，不知其期。
曷至哉？鸡栖于埘，
日之夕矣，羊牛下来。
君子于役，如之何勿思！

君子于役，不日不月，
曷其有佸？鸡栖于桀，
日之夕矣，羊牛下括。
君子于役，苟无饥渴！

将进酒

【唐】李白

君不见黄河之水天上来，奔流到海不复回。
君不见高堂明镜悲白发，朝如青丝暮成雪。人
生得意须尽欢，莫使金樽空对月。天生我材必
有用，千金散尽还复来。烹羊宰牛且为乐，会
须一饮三百杯。

岑夫子，丹丘生，将进酒，杯莫停。与君
歌一曲，请君为我倾耳听。钟鼓馔玉不足贵，
但愿长醉不愿醒。古来圣贤皆寂寞，惟有饮者
留其名。陈王昔时宴平乐，斗酒十千恣欢谑。
主人何为言少钱，径须沽取对君酌。五花马、
千金裘，呼儿将出换美酒，与尔同销万古愁。

解析：A句出自崔颢《七夕》，句中的
"牛"是指星；B句出自《诗经·王风·君
子于役》，就是指牛这种动物；C句出自李
白《将进酒》，也是指牛这种动物。

7. 答案：B

本题考查的诗词为：

长命女

【五代】冯延巳

春日宴，绿酒一杯歌一遍，再拜陈三愿：一愿
郎君千岁，二愿妾身常健，三愿如同梁上燕，
岁岁长相见。

8. 答案：B

本题考查的诗词为：

齐安郡后池绝句

【唐】杜牧

菱透浮萍绿锦池，夏莺千啭弄蔷薇。
尽日无人看微雨，鸳鸯相对浴红衣。

攻擂资格争夺赛

VS

扫一扫
看选手精彩答题

郑贵阳：来自河北省邢台市，目前在北京工作，是一名空中乘务员。在"个人追逐赛"环节，以130的总分获得"个人追逐赛"冠军，进入"攻擂资格争夺赛"。

李世昊：来自北京，目前就职于中国航天科工集团，是一名航天工程师。在"个人追逐赛"环节，李世昊在百人团中准确率最高，耗时最短，进入第二个环节"攻擂资格争夺赛"。

飞花令

马

郑贵阳	李世昊
春风得意马蹄疾，一日看尽长安花。	马作的卢飞快，弓如霹雳弦惊。
但使龙城飞将在，不教胡马度阴山。	吾闻马周昔作新丰客，天荒地老无人识。
山回路转不见君，雪上空留马行处。	马上相逢无纸笔，凭君传语报平安。
五花马、千金裘，呼儿将出换美酒，与尔同销万古愁。	葡萄美酒夜光杯，欲饮琵琶马上催。
挥手自兹去，萧萧班马鸣。	乱花渐欲迷人眼，浅草才能没马蹄。
暗尘随马去，明月逐人来。	楼船夜雪瓜洲渡，铁马秋风大散关。
射人先射马，擒贼先擒王。	白日登山望烽火，黄昏饮马傍交河。
九州生气恃风雷，万马齐喑究可哀。	✕

请说出含有"白"字与"云"字的诗句。

郑贵阳

☙ 远上寒山石径斜，**白云**生处有人家。

☙ 但去莫复问，**白云**无尽时。

☙ ×

李世昊

☙ 黄鹤一去不复返，**白云**千载空悠悠。

☙ **白云**一片去悠悠，青枫浦上不胜愁。

诗词接龙

董卿：游子身上**衣**。➡ 李：**衣**带渐宽终不**悔**。郑：**悔**教夫婿觅封**侯**。➡ 李：**侯**门一入深如**海**。郑：**海**上生明**月**。➡ 李：**月**下飞天**镜**。郑：**镜**中衰鬓已先斑。➡ 李：×

擂主争霸赛

 VS

扫一扫
看选手精彩答题

郑贵阳: 来自河北省邢台市,目前在北京工作,是一名空中乘务员。在"个人追逐赛"中连续战胜三位选手,并在"攻擂资格争夺赛"中获胜,进入"擂主争霸赛"。

靳舒馨: 来自山东枣庄,作为守擂擂主面对实力强大的郑贵阳依然表现不俗,在抢答中率先获得5分,守擂成功,成为本场擂主。

1. 图片线索题,请根据以下图画呈现的内容说出一联七言清代诗。

2. 图片线索题,请根据以下图画呈现的内容说出一联五言唐诗。

放

清

3.图片线索题，请根据以下图画呈现的内容说出一联七言唐诗。

秋

4.描述线索题，请根据以下线索说出两句词。

(1) 词句描写了长江东流的壮阔场景。

(2) 词句对历史上的英雄人物发出了感慨。

(3) 这两句词模仿了苏轼的名句。

(4) 这首词被放在《三国演义》的开篇。

5.描述线索题，请根据以下线索说出一种动物。　　　　（　　　　　　）

(1) 黄鹤楼附近有一个地方以它命名。

(2) 宫女在它面前欲言又止。

(3) 罗隐咏它："劝君不用分明语，语得分明出转难。"

(4) 来鹏咏它："色白还应及雪衣，嘴红毛绿语仍奇。"

6.描述线索题，请根据以下线索说出一种花。　　　　（　　　　　　）

(1) 它曾落在寿阳公主的眉间。

(2) 它曾飞入西湖边的宴席上。

(3) 林逋描绘过它的"疏影"以及"暗香"。

(4) 江南无所有，聊赠一枝春。

7.描述线索题，请根据以下线索说出一个词牌名。　　　　（　　　　　　）

(1) 词牌名与一位盛唐人物有关。

(2) 唐玄宗曾经夸这个人"声出于朝霞之上"。

(3) 词牌名看上去很柔美。

(4) 苏轼有名句"大江东去，浪淘尽，千古风流人物"。

8.描述线索题，请根据以下线索说出一位唐代诗人。　　　　（　　　　　　）

(1) 李商隐曾多次向他请教诗歌创作的问题。

(2) 他长相极丑但是个音乐奇才。

(3) 他考试从来不打底稿，八叉手即可写出一篇赋。

(4) 有"小山重叠金明灭"的名句。

擂主争霸赛答案

1. 咬定青山不放松，立根原在破岩中。　5. 鹦鹉

2. 明月松间照，清泉石上流。　6. 梅花

3. 窗含西岭千秋雪，门泊东吴万里船。　7.《念奴娇》

4. 滚滚长江东逝水，浪花淘尽英雄。　8. 温庭筠

自 我 评 价

个人追逐赛	1		攻擂资格争夺赛	飞花令		擂主争霸赛	答对
	2						
	3			超级飞花令			道题
	4						

一语天然万古新·嘉宾点评

梦游天姥吟留别

【唐】李白

海客谈瀛洲，烟涛微茫信难求；越人语天姥，云霞明灭或可睹。天姥连天向天横，势拔五岳掩赤城。天台四万八千丈，对此欲倒东南倾。

我欲因之梦吴越，一夜飞度镜湖月。湖月照我影，送我至剡溪。谢公宿处今尚在，渌水荡漾清猿啼。脚著谢公屐，身登青云梯。半壁见海日，空中闻天鸡。千岩万转路不定，迷花倚石忽已暝。熊咆龙吟殷岩泉，栗深林兮惊层巅。云青青兮欲雨，水澹澹兮生烟。列缺霹雳，丘峦崩摧。洞天石扉，訇然中开。青冥浩荡不见底，日月照耀金银台。霓为衣兮风为马，云之君兮纷纷而来下。虎鼓瑟兮鸾回车，仙之人兮列如麻。忽魂悸以魄动，恍惊起而长嗟。惟觉时之枕席，失向来之烟霞。

世间行乐亦如此，古来万事东流水。别君去兮何时还？且放白鹿青崖间，须行即骑访名山。安能摧眉折腰事权贵，使我不得开心颜？

东方不亮西方亮

"空中闻天鸡"是一个神话传说，这个传说记载在《述异记》当中，说东南有座山，叫桃都山，

扫一扫
听专家现场讲解

山上有一株特别大的树，叫桃都树。每天太阳刚刚升起照到这棵树上的时候，天鸡就会鸣叫报晓，天鸡一鸣叫，人间所有的鸡就都跟着一起鸣叫。（杨雨）

李白写这首诗的时候心里是很不爽的，因为他刚离开长安不久，心里非常失落，原来是在万人之上，现在一跌跌到万人之下，虽然说事实上也没跌得这么狠，但他内心的落差感是非常大的。《梦游天姥吟留别》是他将要去吴越之地的时候，给在山东的朋友写的一首诗。诗中说他昨晚做了个梦，"一夜飞度镜湖月。湖月照我影"，梦见自己在天上飞，湖中还有自己的倒影，然后上山登山，一路看到了神仙，看到了各色人物，最后一声炮响，醒了。醒了之后怎么办呢？"须行即骑访名山"，骑着白鹿要去访名山。

这首诗它神奇在哪儿呢？第一，它肯定是首记梦诗；第二，它肯定是首游仙诗；第三，它还是首山水诗。因为这些元素它都有，最后它还是一首愤怒的诗，诗人本来写自己真的做了个梦，在梦里"空中闻天鸡""半壁见海日"，写到最后"且放白鹿青崖间，须行即骑访名山"，其实就可以结束了，但诗人认为这一切远远没有结束，"安能摧眉折腰事权贵，使我不得开心颜"，说到这就生气了，因为诗人想起自己受了这么多的窝囊气，所以觉得还是游仙最自由，我没有了政治理想，我还有我的世俗理想。对李白来讲，东方不亮西方亮，唐玄宗你不要我了，我的朋友还要我，我的神仙们还要我。所以李白在这首诗里表达了一个非常神奇的境界，而这个境界足以挽救他当时失落的灵魂。（康震）

【现代】毛泽东

九嶷山上白云飞，帝子乘风下翠微。
斑竹一枝千滴泪，红霞万朵百重衣。
洞庭波涌连天雪，长岛人歌动地诗。
我欲因之梦寥廓，芙蓉国里尽朝晖。

睹物思人

当时尧在选择继承人的时候，就有人推荐了舜，说舜很贤良、很智慧，也很孝顺，所以尧就决定去考察舜。尧考察的方式很独特，先把自己的两个女儿娥皇和女英嫁给舜，因为他就想看一下出身于平民的舜，能不能跟出身高贵的女子相处。然后舜就有了这么痴情的女子一生追随，这真是"问世间，情为何物，直教生死相许"的典范。（杨雨）

长松五鹿轴　纸本
【明】戴进

毛泽东同志《七律·答友人》中的"友人"是谁呢？大家都知道是周世钊，周世钊是他的老同学。毛泽东为什么会写这首诗呢？1961年2月份到9月份期间，毛泽东先后四次回湖南搞调查研究，重归故里感慨万千，这是第一个原因。第二，也是在同一时期，他当年的老朋友，也就是跟他在湖南开展革命运动的乐天宇，也在当地搞调研，搞调研的时候他就碰到周世钊还有李达。这几个老朋友碰到一起之后，共同的话题就是他们共同的老朋友毛泽东，于是他们就买了当地的一些特产墨刻和一种用斑

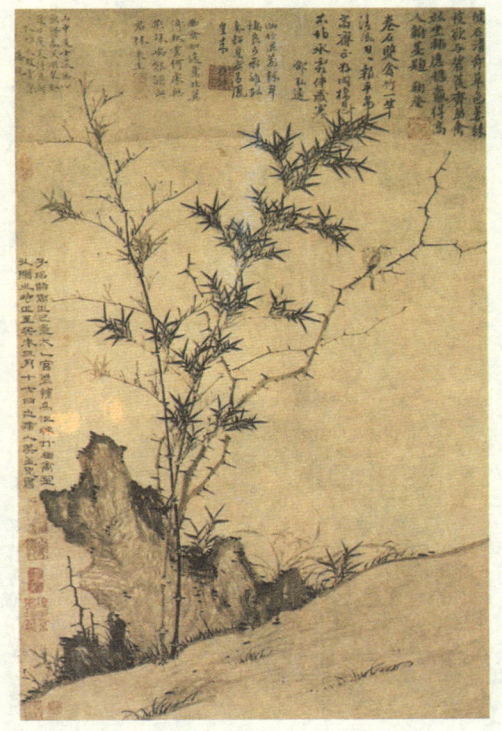

辣竹幽禽图　纸本
【元】张彦辅

竹竿做的毛笔寄给了毛泽东。毛泽东看到这些东西之后，睹物思乡，睹物思人，就挥笔写下了这首诗。

这首诗神奇在哪儿呢？1975年，毛泽东晚年读王粲的《登楼赋》时，他就给身边的人说：人到老年的时候，就会特别想念自己的家乡，特别想念自己的童年，特别思念逝去的亲人，当年我写那首诗，"斑竹一枝千滴泪，红霞万朵百重衣"其实就是在写杨开慧，杨开慧小名叫霞姑，我写的"红霞万朵百重衣"。这首诗实际上是借着老朋友给他寄了家乡的特产，他看到之后睹物思乡，同时睹物思人，怀念他已经牺牲了的妻子杨开慧。

扫一扫
听专家现场讲解

这首诗里边用了"斑竹"这个典故，还用了"芙蓉国"，而且"我欲因之梦寥廓"又化用了李白的"我欲因之梦吴越"。整首诗有很浓郁的楚国文化色彩，应该还可以说既有革命的豪情，又有思念亲人的这种深情，同时还承继了中国古代诗歌史和文化史的脉络，所以毛泽东的确是一个非凡的大家。

（康震）

清平调词三首

【唐】李白

云想衣裳花想容，春风拂槛露华浓。
若非群玉山头见，会向瑶台月下逢。

一枝秾艳露凝香，云雨巫山枉断肠。借问汉宫谁得似？可怜飞燕倚新妆。

名花倾国两相欢，长得君王带笑看。解释春风无限恨，沉香亭北倚阑干。

文人傲骨

李白这三首《清平调词》是奉命而作的。一般文人爱犯一个毛病，皇上让作的诗，奉皇上之命写的诗都媚态十足。这是因为要夸人，尤其要夸的人还是太真妃，虽然这时候杨玉环还没有成贵妃，但是地位尊崇，文人肯定是极尽谄媚之能事。但你注意看李白这三首诗，毫无媚态，我觉得这原因就是杜甫那首诗说的"李白一斗诗百篇，长安市上酒家眠。天子呼来不上船，自称臣是酒中仙"。没错，李白这会儿在宫里头是翰林供奉，做的就是御用文人的事儿，可是他那根硬骨头一直撑着他，所以他虽然写的是"遵命诗篇"，但有他自己的主张。

"一枝秾艳露凝香，云雨巫山枉断肠""名花倾国两相欢，长得君王带笑看"，还有"云想衣裳花想容，春风拂槛露华浓"。写得都很美，对不对？但是除了美之外，还自有一种超逸之气。我们现在看李白这几首《清平调词》，不只是看杨贵妃

扫一扫
听专家现场讲解

有多美，也是看诗本身写得有多美，我觉得这一点非常可贵。（康震）

菩萨蛮·黄鹤楼

【现代】毛泽东

茫茫九派流中国，沉沉一线穿南北。烟雨莽苍苍，龟蛇锁大江。

黄鹤知何去？剩有游人处。把酒酹滔滔，心潮逐浪高！

牡丹图　纸本
【清】赵之谦

愈挫愈奋的革命精神

　　毛泽东说这首词写在 1927 年的春天，当时大革命即将失败，他内心感到很苍凉，一时间不知道该怎么办，所以就写下了这首《菩萨蛮·黄鹤楼》。在这之前，毛泽东在《沁园春·长沙》中提出了一个问题，"苍茫大地，谁主沉浮？"他在《沁园春·雪》中又对这个问题作了回答，"数风流人物，还看今朝。" 而在 1927 年的春天，大革命即将失败的时候，毛泽东是什么心情呢？就是这首词里说的"茫茫九派流中国，沉沉一线穿南北"。"九派"有人说是长江的九条支流，那么"沉沉一线"呢？其实说的是铁路线。而"龟蛇锁大江""黄鹤知何去？剩有游人处"表达的是他看到革命前途后的那种焦虑、受挫的心情。但毛泽东就是毛泽东，这首词的最后两句就写得特别好，"把酒酹滔滔，心潮逐浪高！"虽然大革命可能会受到挫折，但是它愈发激起了我的革命斗志！毛泽东的性格就是愈挫愈奋，愈是困难的时候，他的人格愈是大放光彩，我想这也是为什么他能带领中国共产党，冲破重重困难，最后建立新中国的一个特别重要的原因。（康震）

扫一扫
听专家现场讲解

芦雁图轴（局部）　纸本
【清】边寿民

七古·残句

【现代】毛泽东

自信人生二百年，会当水击三千里。

其志不在小，其诗也壮

这是毛泽东在年轻的时候写的一首诗。20世纪50年代末，文物出版社要出一本毛主席的诗集，叫  《毛主席诗词十九首》。毛泽东就在书眉上批了一段话。他当时写了一首诗，只记得其中两句："自信人生二百年，会当水击三千里。"这两句诗可不是一般的气魄。这两句都有出处，一句是出自宋代古诗："人生不满百，常怀千岁忧。"一句是出自庄子的《逍遥游》："鹏之徙于南冥也，水击三千里。"虽然只有两个残句，但我们从中可以窥见青年时代的毛泽东和他的那些战友，包括罗学瓒、蔡和森、张昆弟的精神样貌。他们组织了"新民学会"，经常在爱晚亭纵论天下大事，人家常说毛泽东"不名一文，心忧天下"。可见那个时候的青年人真的是不仅力图要创造一个新时代，而且要成为新时代的主人。所以其志也不在小，他们的诗其志也壮。

（康震）

"雁"的三种意象

在中国的古典诗词当中，"雁"这个意象一旦出现，就大致会有三种可能的指向。

一种是我们经常会说  到的鸿雁传书，这个典故出自于《汉书》的《苏武传》，汉使骗单于说汉天子在上林苑当中打猎，然后射下来一只鸿雁，上面有苏武的信，信上说苏武还没有死，还被囚在北海（今贝加尔湖畔），这就是当年北海的鸿雁传书。

第二种是大雁的一夫一妻制，延伸出婚姻忠贞、夫妻和顺的含义，就像元好问的"问世间，情为何物，直教生死相许"，就是写的大雁的殉情。

第三种意象是"归雁入胡天"，大雁跟茫茫大漠连在一起，因为候鸟南来北往，能够带去这种季节的音讯，而且大雁的展翅飞翔和茫茫大漠的这种空旷意境结合，会有一种画意，这种画意可能不亚于"大漠孤烟直，长河落日圆"的意境。 （杨雨）

使至塞上
【唐】王维

单车欲问边，属国过居延。
征蓬出汉塞，归雁入胡天。
大漠孤烟直，长河落日圆。
萧关逢候骑，都护在燕然。

滁州西涧
【唐】韦应物

独怜幽草涧边生，上有黄鹂深树鸣。
春潮带雨晚来急，野渡无人舟自横。

野渡之舟

这首诗写的是暮春时节，暮春时节有个特点，就是百花盛开已成过去，剩下的是什么呢？"春潮带雨晚来急""独怜幽草涧边生"，就剩些草了，没有花了。

韦应物是什么人？唐代的时候，长安有句民谚"长安韦杜，去天尺五"，在长安，姓韦的和姓杜的两家离老天爷只有一尺半，说明这两家都是高门望族。韦应物本人出身确实很高贵，年轻的时候也是带刀侍卫，这是贵胄才能干的活。韦应物在盛唐时属于少年，在盛唐的诗坛，李白、杜甫都是他的前辈，他是在盛唐里成长起来的，但是等到他成年之后，大唐的盛世已过，他自己只是在滁州这样一个偏郡做刺史。所以他对自身的遭遇是不满意的。这首诗写的是暮春时节，百花开放的时节已去，他自己却只能在这欣赏"野渡无人舟自横"的景象，这"舟"未尝不是他自己，这"野渡"未尝不是他的心境。诗人就是这样，要用一种优美的诗境，来排解自己的心怀，还要让后代解读出他内心的所思所想。

（康震）

扫一扫
听专家现场讲解

长命女

【五代】冯延巳

春日宴，绿酒一杯歌一遍，再拜陈三愿：一愿郎君千岁，二愿妾身常健，三愿如同梁上燕，岁岁长相见。

爱情最美好的样子

从词面上来看，冯延巳的《长命女》就是用一位女子的口吻表达希望能够与郎君年年岁岁常相守的愿望的一首词。从冯延巳这首词里面可以看出，中国有个很独特的现象，就是这些表达爱情能够地老天荒的诗词，很多都是用女性的口吻来写的。因为男性的理想可能会更丰富，有功名的、有事业的、有向往边塞的、有向往隐士的……但是古代的女性可能更加执着于对爱情的追求。

（杨雨）

我觉得这首诗特别宝贵。因为在古典诗词里谈恋爱的诗大部分表达得都很绝对，比如"春蚕到死丝方尽，蜡炬成灰泪始干""春心莫共花争发，一寸相思一寸灰"，就是在恋爱的时候，表达都是非常坚决、非常强烈，使用的这些词都非常绝对，但是这首诗写的是夫妻俩在一起过日子，就不会发那么多狠誓，我只是希望，你呢，长命百岁；我呢，身体健康。长命百岁的你和身体健康的我永远都在一起。这就是一个贤良妻子的全部渴望，这时候这种渴望对她来讲变得非常的简单朴

扫一扫
听专家现场讲解

素，那么很自然她丈夫这时候就接过她这杯酒，喝下去之后，两人相对一笑，接着过日子。你进你的厨房，我进我的书房，一天又一天，一年又一年，就这么走下去。所以我觉得这首诗是婚后的表达，很有意思。（康震）

蝉

【唐】虞世南

垂緌饮清露，流响出疏桐。
居高声自远，非是藉秋风。

在狱咏蝉

【唐】骆宾王

西陆蝉声唱，南冠客思侵。
那堪玄鬓影，来对白头吟？
露重飞难进，风多响易沉。
无人信高洁，谁为表予心！

蝉

【唐】李商隐

本以高难饱，徒劳恨费声。
五更疏欲断，一树碧无情。
薄宦梗犹泛，故园芜已平。
烦君最相警，我亦举家清。

咏物诗

这三首诗都是有名的咏蝉诗。写咏物诗词其实就跟画画一样，形似只是最低的，真正追求的是神似，而咏物诗的神似是怎么得来的呢？就是诗人赋予这个物一种品格或者一种精神。"居高声自远，非是藉秋风"表现的是一种很高的境界，你站得高看得远，你的胸怀更加博大。其实我觉得骆宾王的《在狱咏蝉》没有站在一个很高的境界。不过，他在人生的最低谷、最逆境的时候，依然会以蝉的品格来自许，我觉得从这可以看出他很乐观，也很阳光。（杨雨）

清代的时候有一个很著名的诗评家叫施补华，施补华说虞世南的"居高声自远，非是藉秋风"叫"清华人语"。什么叫"清华人语"呢？就是我品格高洁，我声儿传得远，不是说我沾了谁的便宜、沾了谁的光，而是我本来就站得高，所以声自然就远，这叫"清华人语"。施补华说骆宾王的"露重飞难进，风多响易沉"是"患难人语"。这是说遭了难下了狱了还在表白心迹，可是霜太重，风太大，不好飞呀。而李商隐"本以高难饱，徒劳恨费声"叫"牢骚人语"。你那么高，把那小嘴扎在那树里头吸点汁儿，半天吸不了几口还在那嗷嗷叫，你费不费劲？这三位诗人，两位初唐的，一位晚唐的，都写了咏蝉的诗，而且这三个人的境遇、身份，判然分别，为我们展示了唐人喜欢运用咏物的手法来表况自心的状态，所以唐人的诗细细品读起来真的是不得了。

（康震）

第八场

长风破浪会有时，直挂云帆济沧海 ¹

任何一个美好的愿望想要变成现实，都需要我们付出不懈的努力和奋斗，奋斗是刘禹锡笔下"千淘万漉"的辛苦，奋斗是郑板桥笔下"咬定青山不放松"²的坚韧，奋斗更是陆游笔下"少壮工夫老始成"³的一番耐心和决心。

今天已经是《中国诗词大会》第四季第八场比赛了，在这里祝愿所有的选手越赛越勇，努力实现自己的诗词梦想，"更喜岷山千里雪，三军过后尽开颜"⁴。

——董卿（《中国诗词大会》主持人）

扫一扫
看专家现场致辞

---

1 《行路难三首·其一》【唐】李白
　　金樽清酒斗十千，玉盘珍羞直万钱。停杯投箸不能食，拔剑四顾心茫然。欲渡黄河冰塞川，将登太行雪满山。
　　闲来垂钓碧溪上，忽复乘舟梦日边。行路难！行路难！多歧路，今安在？长风破浪会有时，直挂云帆济沧海。

2 《竹石》【清】郑燮
　　咬定青山不放松，立根原在破岩中。千磨万击还坚劲，任尔东西南北风。

3 《冬夜读书示子聿》【宋】陆游
　　古人学问无遗力，少壮工夫老始成。纸上得来终觉浅，绝知此事要躬行。

4 《七律·长征》【现代】毛泽东
　　红军不怕远征难，万水千山只等闲。五岭逶迤腾细浪，乌蒙磅礴走泥丸。金沙水拍云崖暖，大渡桥横铁索寒。
　　更喜岷山千里雪，三军过后尽开颜。

　　奋斗是中华民族的精神，在这儿我想起毛泽东同志一首著名的词作："雄关漫道真如铁，而今迈步从头越。从头越，苍山如海，残阳如血。"⁵这首词里边所展现出来的就是一种奋斗精神。古往今来，这么多优美的诗词，其中也蕴含了奋斗精神。我想我们每一个热爱诗词的人，在吟诵中华优秀诗词的同时，如果传承我们的奋斗精神，那我们的未来和生活将会变得越来越美好。

——康震（北京师范大学文学院教授、博士生导师）

　　我们的眼前都是星辰大海，在我们的诗里，也有着广阔的草原和更加广阔的天空，所以我送大家一句刘禹锡的诗："马思边草拳毛动，雕眄青云睡眼开"⁶。

——蒙曼（中央民族大学历史文化学院教授、北京大学历史学博士）

---

5 《忆秦娥·娄山关》【现代】毛泽东
　　　西风烈，长空雁叫霜晨月。霜晨月，马蹄声碎，喇叭声咽。
　　　雄关漫道真如铁，而今迈步从头越。从头越，苍山如海，残阳如血。
6 《始闻秋风》【唐】刘禹锡
　　　昔看黄菊与君别，今听玄蝉我却回。五夜飕飕枕前觉，一年颜状镜中来。
　　　马思边草拳毛动，雕眄青云睡眼开。天地肃清堪四望，为君扶病上高台。

诗词之乐何处寻？

个人追逐赛

1号选手

扫一扫
看选手精彩答题

朱　丹

岂伊地气暖，自有岁寒心。

感遇十二首·其七

【唐】张九龄

江南有丹橘，经冬犹绿林。

岂伊地气暖，自有岁寒心。

可以荐嘉客，奈何阻重深！

运命惟所遇，循环不可寻。

徒言树桃李，此木岂无阴？

朱　丹： 来自湖北十堰，目前定居于云南昆明，在一家国企从事人力资源工作。在"个人追逐赛"环节共答对0道题，得分0分。

1. 请从以下九个字中识别一句五言唐诗。

明	松	如
万	听	照
月	中	壑

2. 请从以下九个字中识别一句五言唐诗。

恨	惊	啼
暗	别	草
风	林	鸟

【分值：15】　　　　　　　　　　【分值：15】

3. 请对上联。

有	约	不	来	过	夜	半
闲	敲	棋	子	落	灯	花
家	塘	蛙	草	梅	处	池	节
青	黄	处	红	家	唐	时	雨

【分值：15】

4. 人们经常用花枝招展形容女子打扮得十分艳丽。请问，以下哪联诗没有写到古代女性的头饰？　　（　　）

A 画图省识春风面，环佩空归夜月魂。

B 云鬓花颜金步摇，芙蓉帐暖度春宵。

C 行到中庭数花朵，蜻蜓飞上玉搔头。

【分值：15】

5. 请从以下九个字中识别一句唐代词句。

蘋	断	洲
天	肠	涯
白	水	人

【分值：15】

6. 下列诗句中，哪一项是正确的？　　（　　）

A 疑文共欣赏，歧义相与析。

B 奇义共欣赏，疑文相与析。

C 奇文共欣赏，疑义相与析。

【分值：15】

7. 请从以下十二个字中识别一句七言宋诗。

照	夜	还	明
时	潮	海	我
月	共	何	上

【分值：15】

8. 请对上句。

何	人	不	起	故	园	情
舟	夜	闻	听	中
曲	折	孤	此	柳

【分值：15】

计算得分：

选手未答出的题目按15分计算。

你说我猜

在 180 秒内给出下列题目的答案。

1. 王贞白《白鹿洞二首》中描写珍惜时间的两句诗是什么?

2. "青箬笠,绿蓑衣,斜风细雨不须归"的前两句词是什么?

3. 《望岳》的尾联是什么?

4. "随风潜入夜"的前两句诗是什么?

5. 柳宗元《江雪》的前两句诗是什么?

6. "花间一壶酒,独酌无相亲"的后两句诗是什么?

7. "欲穷千里目,更上一层楼"的前两句诗是什么?

8. 唐代诗人李商隐一组非常有名的,用两个字命名的七言诗诗题是什么?

❀ 1.

❀ 2.

❀ 3.

❀ 4.

❀ 5.

❀ 6.

❀ 7.

❀ 8.

2号选手

扫一扫
看选手精彩答题

孙晓婧

休对故人思故国，且将新火试新茶。诗酒趁年华。

望江南·超然台作

【宋】苏轼

春未老，风细柳斜斜。试上超然台上看，
半壕春水一城花。烟雨暗千家。

寒食后，酒醒却咨嗟。休对故人思故国，
且将新火试新茶。诗酒趁年华。

孙晓婧：来自中国科学院国家空间科学中心，专业是空间环境及其效应。在"个人追逐赛"环节共答对6道题，得分123分。获得"个人追逐赛"冠军，并进入"攻擂资格争夺赛"环节。

1. 请从以下九个字中识别一句五言唐诗。

壮	一	句
士	十	剑
年	两	磨

【分值：3】

2. 请从以下十二个字中识别一句七言诗。

红	过	三	不
开	尽	军	远
怕	后	难	征

【分值：14】

3. 请对上两句。

莫	等	闲					
白	了	少	年	头			
空	悲	切					
和	名	公	千	与	功	路	十
土	里	云	三	月	八	尘	陆

【分值：48】

4. 郭靖是武侠泰斗金庸先生创作的人物形象，秉承着"为国为民，侠之大者"的信念，投身到了轰轰烈烈的南宋抗元斗争中。请问，在郭靖行走江湖的过程中，他有可能会遇见以下哪位英雄人物？ （　）

A 文天祥

B 岳飞

C 辛弃疾

【分值：49】

5. 李贺诗句 "何当金络脑，快走踏清秋"中"金络脑"指的是？ （　）

A 一种武器

B 马的笼头

C 一种香料

【分值：5】

6. "九州生气恃风雷，万马齐喑究可哀"中哪个字是错误的？ （　）

A 州 ×——洲

B 侍 ×——恃

C 喑 ×——咽

【分值：4】

7. 请从以下十二个字中识别一句七言唐诗。

梢	月	红	花
霜	以	豆	头
叶	蔻	二	初

【分值：15】

8. 请从以下九个字中识别一句五言唐诗。

春	多	吹
风	情	草
花	生	香

【分值：15】

计算得分：

选手未答出的题目按 15 分计算。

3号选手

扫一扫
看选手精彩答题

陈　滢

雄关漫道真如铁，而今迈步从头越。

忆秦娥·娄山关

【现代】毛泽东

西风烈，长空雁叫霜晨月。霜晨月，

马蹄声碎，喇叭声咽。

雄关漫道真如铁，而今迈步从头越。

从头越，苍山如海，残阳如血。

陈　滢： 来自安徽凤阳，六年级学生。在"个人追逐赛"环节共答对6道题，得分89分。

1. 请从以下九个字中识别一句五言唐诗。

老	应	休
病	有	狐
船	孤	官

【分值：11】

2. 请从以下十二个字中识别一句七言唐诗。

八	千	合	贬
夕	里	路	云
州	朝	月	潮

【分值：45】

3. 请对上联。

| 无 | 为 | 在 | 歧 | 路 |
| 儿 | 女 | 共 | 沾 | 巾 |

| 人 | 天 | 海 | 此 | 时 | 己 | 比 | 知 |
| 若 | 存 | 断 | 崖 | 肠 | 邻 | 内 | 涯 |

【分值：17】

4. 下图是北宋张择端的名画《清明上河图》（局部），请问下列哪项词句描绘的是图中的城市？　　　（　　）

A 重湖叠巘清嘉，有三秋桂子，十里荷花。

B 千步虹桥，参差雁齿，直趋水殿。

C 二十四桥仍在，波心荡、冷月无声。

【分值：8】

5. 唐朝文人为了出名，常常会向名人献诗，下列哪一联诗句使作者"一夜成名"？　　　　　　（　　）

A 海内存知己，天涯若比邻。

B 野火烧不尽，春风吹又生。

C 平生不解藏人善，到处逢人说项斯。

【分值：5】

6. 形容年轻人胸怀祖国，有担当、有作为，最恰当的诗句是？　　　（　　）

A 日月光华，旦复旦兮。

B 老骥伏枥，志在千里。

C 指点江山，激扬文字。

【分值：3】

7. 请从以下十二个字中识别一句宋代词句。

一	寸	转	金
光	阴	一	月
波	轮	秋	影

【分值：15】

8. 请从以下十二个字中识别一句七言清代诗。

九	风	见	但
州	悲	齐	雷
气	生	烟	恃

【分值：15】

计算得分：

选手未答出的题目按15分计算。

出口成诗

在 150 秒内说出和以下 12 个关键词有关联的诗句。

1. 美酒	2. 杨柳	3. 中秋	4. 桂花
5. 洛阳	6. 黄花	7. 鸡	8. 儿童
9. 红尘	10. 边塞	11. 鱼	12. 秋

❀ 1.＿＿＿＿＿＿＿＿＿＿＿＿＿＿＿＿

❀ 2.＿＿＿＿＿＿＿＿＿＿＿＿＿＿＿＿

❀ 3.＿＿＿＿＿＿＿＿＿＿＿＿＿＿＿＿

❀ 4.＿＿＿＿＿＿＿＿＿＿＿＿＿＿＿＿

❀ 5.＿＿＿＿＿＿＿＿＿＿＿＿＿＿＿＿

❀ 6.＿＿＿＿＿＿＿＿＿＿＿＿＿＿＿＿

❀ 7.＿＿＿＿＿＿＿＿＿＿＿＿＿＿＿＿

❀ 8.＿＿＿＿＿＿＿＿＿＿＿＿＿＿＿＿

❀ 9.＿＿＿＿＿＿＿＿＿＿＿＿＿＿＿＿

❀ 10.＿＿＿＿＿＿＿＿＿＿＿＿＿＿＿＿

❀ 11.＿＿＿＿＿＿＿＿＿＿＿＿＿＿＿＿

❀ 12.＿＿＿＿＿＿＿＿＿＿＿＿＿＿＿＿

4 号选手

扫一扫
看选手精彩答题

陈曦骏

繁霜尽是心头血，洒向千峰秋叶丹。

望阙台

【明】戚继光

十年驱驰海色寒，孤臣于此望宸銮。

繁霜尽是心头血，洒向千峰秋叶丹。

陈曦骏： 来自上海市公安局，是一名轨道交通警察。在"个人追逐赛"环节共答对 6 道题，得分 76 分。

1. 请从以下九个字中识别一句五言唐诗。

可	行	小
正	怜	儿
遥	女	成

【分值：19】

2. 请从以下十二个字中识别一句七言唐诗。

凰	飞	雏	老
台	凤	于	声
上	清	凤	凰

【分值：15】

3. 请对上联。

遥	知	兄	弟	登	高	处
遍	插	茱	萸	少	一	人
每	思	异	又	倍	佳	独 乡
在	逢	节	为	异	亲	客 缝

【分值：11】

4. 孟郊《游子》"萱草生堂阶，游子行天涯"，古人用萱草比喻母亲，请问萱草又称什么草？　　　（　　）

A 含羞草

B 忘忧草

C 合欢草

【分值：16】

5. 下列诗句，哪一项是正确的？（　　）

A 人生到处知何似？应似归鸿踏雪泥。

B 人生到处知何似？应似飞鸿踏雪泥。

C 人生到处何所似？应似飞鸿踏雪泥。

【分值：3】

6. 古人感恩父母，常以草木自比。下列诗句所描写的草木，不包含亲子之情的是？　　（　　）

A 凯风自南，吹彼棘心。

B 谁言寸草心，报得三春晖。

C 草木有本心，何求美人折！

【分值：4】

7. 请从以下十二个字中识别一句宋代词句。

多	被	又	离
情	伤	恼	无
自	却	古	情

【分值：23】

8. 请对上句。

寒	食	东	风	御	柳	斜
无	花	莫	不		城	
飞	时	春	处		飘	

【分值：15】

计算得分：

选手未答出的题目按15分计算。

你说我猜

在 180 秒内给出下列题目的答案。

1. 孟浩然《过故人庄》的颔联是什么？

2. 杜甫《奉赠韦左丞丈二十二韵》中形容一个人阅览群籍的
两句诗是什么？

3. 李白《送友人》的尾联是什么？

4. "庭前芍药妖无格，池上芙蕖净少情"的后两句诗是什么？

5. "已是悬崖百丈冰，犹有花枝俏"的前两句诗是什么？

6. "留连戏蝶时时舞，自在娇莺恰恰啼"的前两句诗是什么？

7. "千里黄云白日曛，北风吹雁雪纷纷"出自哪首诗？

8. 写过《芙蓉楼送辛渐》的边塞诗人是谁？

9. "人生代代无穷已"出自哪首诗？

1.

2.

3.

4.

5.

6.

7.

8.

9.

个人追逐赛答案、解析与拓展

1号选手题

1. 答案：如听万壑松

   本题考查的诗词为：

听蜀僧濬弹琴

【唐】李白

蜀僧抱绿绮，西下峨眉峰。

为我一挥手，如听万壑松。

客心洗流水，余响入霜钟。

不觉碧山暮，秋云暗几重。

干扰项：明月松间照（【唐】王维《山居秋暝》）。

2. 答案：林暗草惊风

   本题考查的诗词为：

塞下曲六首·其二

【唐】卢纶

林暗草惊风，将军夜引弓。

平明寻白羽，没在石棱中。

干扰项：恨别鸟惊心（【唐】杜甫《春望》）。

3. 答案：黄梅时节家家雨，青草池塘处处蛙

   本题考查的诗词为：

约客

【宋】赵师秀

黄梅时节家家雨，青草池塘处处蛙。

有约不来过夜半，闲敲棋子落灯花。

干扰项："红""唐"。

4. 答案：A

   本题考查的诗词为：

咏怀古迹五首·其三

【唐】杜甫

群山万壑赴荆门，生长明妃尚有村。

一去紫台连朔漠，独留青冢向黄昏。

画图省识春风面，环珮空归夜月魂。

千载琵琶作胡语，分明怨恨曲中论。

长恨歌（节选）

【唐】白居易

春寒赐浴华清池，温泉水滑洗凝脂。

侍儿扶起娇无力，始是新承恩泽时。

云鬓花颜金步摇，芙蓉帐暖度春宵。

春宵苦短日高起，从此君王不早朝。

和乐天春词

【唐】刘禹锡

新妆宜面下朱楼，深锁春光一院愁。

行到中庭数花朵，蜻蜓飞上玉搔头。

5. 答案：肠断白蘋洲

   本题考查的诗词为：

望江南

【唐】温庭筠

梳洗罢，独倚望江楼。过尽千帆皆不是，斜晖脉脉水悠悠。肠断白蘋洲。

干扰项：断肠人在天涯（【元】马致远《天净沙·秋思》）。

6. 答案：C

本题考查的诗词为：

移居二首·其一

【晋】陶渊明

昔欲居南村，非为卜其宅。
闻多素心人，乐与数晨夕。
怀此颇有年，今日从兹役。
敝庐何必广，取足蔽床席。
邻曲时时来，抗言谈在昔。
奇文共欣赏，疑义相与析。

解析：这是陶渊明迁居南村新居后所写的诗，他看重的是友邻。他觉得和友邻一起欣赏奇异的文章，剖析其中的哲理，是莫大的快乐。这两句也就成了千古名句。

7. 答案：明月何时照我还

本题考查的诗词为：

泊船瓜洲

【宋】王安石

京口瓜洲一水间，钟山只隔数重山。
春风又绿江南岸，明月何时照我还？

干扰项：海上明月共潮生（【唐】张若虚《春江花月夜》）。

8. 答案：此夜曲中闻折柳

本题考查的诗词为：

春夜洛城闻笛

【唐】李白

谁家玉笛暗飞声，散入春风满洛城。
此夜曲中闻折柳，何人不起故园情！

干扰项：孤舟一系故园心（【唐】杜甫《秋兴八首·其一》）。

你说我猜参考答案：

1. 读书不觉已春深，一寸光阴一寸金。

2. 西塞山前白鹭飞，桃花流水鳜鱼肥。

3. 会当凌绝顶，一览众山小。

4. 好雨知时节，当春乃发生。

5. 千山鸟飞绝，万径人踪灭。

6. 举杯邀明月，对影成三人。

7. 白日依山尽，黄河入海流。

8. 《无题》

2号选手题

1. 答案：十年磨一剑

   本题考查的诗词为：

   ### 剑客

   【唐】贾岛

   十年磨一剑，霜刃未曾试。

   今日把示君，谁有不平事？

   干扰项：壮士十年归（【南北朝】佚名《木兰诗》）、二句三年得（【唐】贾岛《题诗后》）。

2. 答案：红军不怕远征难

   本题考查的诗词为：

   ### 七律·长征

   【现代】毛泽东

   红军不怕远征难，万水千山只等闲。

   五岭逶迤腾细浪，乌蒙磅礴走泥丸。

   金沙水拍云崖暖，大渡桥横铁索寒。

   更喜岷山千里雪，三军过后尽开颜。

   干扰项：三军过后尽开颜（【现代】毛泽东《七律·长征》）。

3. 答案：三十功名尘与土，八千里路云和月

   本题考查的诗词为：

   ### 满江红·写怀

   【宋】岳飞

   怒发冲冠，凭栏处、潇潇雨歇。抬望眼，仰天长啸，壮怀激烈。三十功名尘与土，八千里路云和月。莫等闲、白了少年头，空悲切。

   靖康耻，犹未雪。臣子恨，何时灭！驾长车，踏破贺兰山缺。壮志饥餐胡虏肉，笑谈渴饮匈奴血。待从头、收拾旧山河，朝天阙。

   干扰项："公""陆"。

4. 答案：A

   解析：《射雕英雄传》以宁宗庆元五年（1199年）至成吉思汗逝世（1227年）这段历史为背景，反映了南宋抵抗金军和蒙古军两大强敌的斗争，充满英雄主义色彩。

   文天祥是南宋末政治家、爱国诗人，抗元名臣，他生活的时代与金庸笔下郭靖生活的时代重合。

   岳飞的主要事迹是抗金，在南宋高宗绍兴十二年（1142年）便被以"莫须有"罪名杀害了，离郭靖的时代还有五十年。

   辛弃疾，生于1140年，卒于1207年。郭靖在行走江湖的时候不可能遇到辛弃疾，年代不对。

5. 答案：B

   本题考查的诗词为：

   ### 马诗二十三首·其五

   【唐】李贺

   大漠沙如雪，燕山月似钩。

   何当金络脑，快走踏清秋。

6. 答案：B

   本题考查的诗词为：

己亥杂诗三百一十五首·其一百二十五

【清】龚自珍

九州生气恃风雷，万马齐喑究可哀。

我劝天公重抖擞，不拘一格降人才。

7. 答案：豆蔻梢头二月初

本题考查的诗词为：

赠别二首·其一

【唐】杜牧

娉娉袅袅十三余，豆蔻梢头二月初。

春风十里扬州路，卷上珠帘总不如。

干扰项：霜叶红于二月花（【唐】杜牧《山行》）。

8. 答案：春风花草香

本题考查的诗词为：

绝句二首·其一

【唐】杜甫

迟日江山丽，春风花草香。

泥融飞燕子，沙暖睡鸳鸯。

干扰项：春风吹又生（【唐】白居易《赋得古原草送别》、春风复多情（【南北朝】佚名《子夜四时歌》）。

3 号选手题

1. 答案：官应老病休

本题考查的诗词为：

旅夜书怀

【唐】杜甫

细草微风岸，危樯独夜舟。

星垂平野阔，月涌大江流。

名岂文章著，官应老病休。

飘飘何所似，天地一沙鸥。

干扰项：老病有孤舟（【唐】杜甫《登岳阳楼》）。

2. 答案：夕贬潮州路八千

本题考查的诗词为：

左迁至蓝关示侄孙湘

【唐】韩愈

一封朝奏九重天，夕贬潮州路八千。

欲为圣明除弊事，肯将衰朽惜残年！

云横秦岭家何在？雪拥蓝关马不前。

知汝远来应有意，好收吾骨瘴江边。

干扰项：八千里路云和月（【宋】岳飞《满江红·写怀》）。

3. 答案：海内存知己，天涯若比邻

本题考查的诗词为：

送杜少府之任蜀州

【唐】王勃

城阙辅三秦，风烟望五津。
与君离别意，同是宦游人。
海内存知己，天涯若比邻。
无为在歧路，儿女共沾巾。

干扰项：天涯共此时（【唐】张九龄《望月怀远》）、断肠人在天涯（【元】马致远《天净沙·秋思》）。

4. 答案：B

本题考查的诗词为：

望海潮

【宋】柳永

东南形胜，三吴都会，钱塘自古繁华。烟柳画桥，风帘翠幕，参差十万人家。云树绕堤沙。怒涛卷霜雪，天堑无涯。市列珠玑，户盈罗绮，竞豪奢。

重湖叠巘清嘉，有三秋桂子，十里荷花。羌管弄晴，菱歌泛夜，嬉嬉钓叟莲娃。千骑拥高牙。乘醉听箫鼓，吟赏烟霞。异日图将好景，归去凤池夸。

破阵乐

【宋】柳永

露花倒影，烟芜蘸碧，灵沼波暖。金柳摇风树树，系彩舫龙舟遥岸。千步虹桥，参差雁齿，直趋水殿。绕金堤、曼衍鱼龙戏，簇娇春罗绮，喧天丝管。霁色荣光，望中似睹，蓬莱清浅。

时见。凤辇宸游，鸾觞禊饮，临翠水、开镐宴。两两轻舠飞画楫，竞夺锦标霞烂。罄欢娱，歌鱼藻，徘徊宛转。别有盈盈游女，各委明珠，争收翠羽，相将归远。渐觉云海沈沈，洞天日晚。

扬州慢

【宋】姜夔

淮左名都，竹西佳处，解鞍少驻初程。过春风十里，尽荠麦青青。自胡马窥江去后，废池乔木，犹厌言兵。渐黄昏，清角吹寒，都在空城。

杜郎俊赏，算而今、重到须惊。纵豆蔻词工，青楼梦好，难赋深情。二十四桥仍在，波心荡、冷月无声。念桥边红药，年年知为谁生！

5. 答案：B

本题考查的诗词为：

送杜少府之任蜀州

【唐】王勃

城阙辅三秦，风烟望五津。
与君离别意，同是宦游人。
海内存知己，天涯若比邻。
无为在歧路，儿女共沾巾。

赋得古原草送别

【唐】白居易

离离原上草，一岁一枯荣。
野火烧不尽，春风吹又生。
远芳侵古道，晴翠接荒城。
又送王孙去，萋萋满别情。

赠项斯

【唐】杨敬之

几度见诗诗总好，及观标格过于诗。
平生不解藏人善，到处逢人说项斯。

解析：唐朝的读书人常常拿着自己写的文章或诗歌，去拜望那些有权有势或名气很大的人，以求得赏识或举荐。当时

长安有个诗人叫顾况，才学很高，为人正直，在诗坛很有威望。有一天，白居易拿着名帖和诗作去拜见顾况。顾况看到"野火烧不尽，春风吹又生"非常激动，逢人就夸奖白居易诗写得好，于是，白居易在长安诗友中出了名。

6. 答案：C

本题考查的诗词为：

卿云歌

【先秦】佚名

卿云烂兮，糺缦缦兮。
日月光华，旦复旦兮。
明明上天，烂然星陈。
日月光华，弘于一人。
日月有常，星辰有行。
四时从经，万姓允诚。
於予论乐，配天之灵。
迁于贤圣，莫不咸听。
鼖乎鼓之，轩乎舞之。
精华已竭，褰裳去之。

龟虽寿

【汉】曹操

神龟虽寿，犹有竟时。
腾蛇乘雾，终为土灰。
老骥伏枥，志在千里；
烈士暮年，壮心不已。
盈缩之期，不但在天；
养怡之福，可得永年。
幸甚至哉，歌以咏志。

沁园春·长沙

【现代】毛泽东

独立寒秋，湘江北去，橘子洲头。看万山

红遍，层林尽染；漫江碧透，百舸争流。鹰击长空，鱼翔浅底，万类霜天竞自由。怅寥廓，问苍茫大地，谁主沉浮？

携来百侣曾游。忆往昔峥嵘岁月稠。恰同学少年，风华正茂；书生意气，挥斥方遒。指点江山，激扬文字，粪土当年万户侯。曾记否，到中流击水，浪遏飞舟？

7. 答案：一轮秋影转金波

本题考查的诗词为：

太常引·建康中秋夜为吕叔潜赋

【宋】辛弃疾

一轮秋影转金波，飞镜又重磨。把酒问姮娥：被白发欺人奈何？

乘风好去，长空万里，直下看山河。斫去桂婆娑，人道是清光更多。

干扰项：一寸光阴一寸金（【唐】王贞白《白鹿洞二首》）。

8. 答案：九州生气恃风雷

本题考查的诗词为：

己亥杂诗三百一十五首·其一百二十五

【清】龚自珍

九州生气恃风雷，万马齐喑究可哀。
我劝天公重抖擞，不拘一格降人才。

干扰项：但悲不见九州同（【宋】陆游《示儿》）。

出口成诗参考答案：

1. 兰陵美酒郁金香，玉碗盛来琥珀光。
2. 草长莺飞二月天，拂堤杨柳醉春烟。
3. 但愿人长久，千里共婵娟。

4. 人闲桂花落，夜静春山空。

5. 洛阳城里见秋风，欲作家书意万重。

6. 满地黄花堆积，憔悴损。

7. 故人具鸡黍，邀我至田家。

8. 儿童上学归来早，忙趁东风放纸鸢。

9. 紫陌红尘拂面来，无人不道看花回。

10. 大漠孤烟直，长河落日圆。

11. 鱼戏莲叶南，鱼戏莲叶北。

12. 塞下秋来风景异，衡阳雁去无留意。

4 号选手题

1. **答案：遥怜小儿女**

本题考查的诗词为：

月夜

【唐】杜甫

今夜鄜州月，闺中只独看。

遥怜小儿女，未解忆长安。

香雾云鬟湿，清辉玉臂寒。

何时倚虚幌，双照泪痕干。

干扰项：儿女忽成行（【唐】杜甫《赠卫八处士》）。

2. **答案：雏凤清于老凤声**

本题考查的诗词为：

韩冬郎即席为诗相送一座尽惊他日
余方追吟连宵侍坐裴回久之句有老成之风
因成二绝寄酬兼呈畏之员外·其一

【唐】李商隐

十岁裁诗走马成，冷灰残烛动离情。

桐花万里丹山路，雏凤清于老凤声。

干扰项：凤凰台上凤凰游（【唐】李白《登金陵凤凰台》）。

3. **答案：独在异乡为异客，每逢佳节倍思亲**

本题考查的诗词为：

九月九日忆山东兄弟

【唐】王维

独在异乡为异客，每逢佳节倍思亲。

遥知兄弟登高处，遍插茱萸少一人。

4. **答案：B**

本题考查的诗词为：

游子

【唐】孟郊

萱草生堂阶，游子行天涯。

慈亲倚堂门，不见萱草花。

解析：萱草也称谖草，又叫忘忧草，也就是黄花菜。《诗经·卫风·伯兮》云："焉得谖草，言树之背"，朱熹注曰："谖草，令人忘忧；背，北堂也"。在中国古代，萱草比喻母亲，母亲居住的地方又称"萱堂"。

5. **答案：B**

本题考查的诗词为：

和子由渑池怀旧

【宋】苏轼

人生到处知何似？应似飞鸿踏雪泥。

泥上偶然留指爪，鸿飞那复计东西。
老僧已死成新塔，坏壁无由见旧题。
往日崎岖还记否，路长人困蹇驴嘶。

拓展：《和子由渑池怀旧》是苏轼给苏辙的和诗。成语"雪泥鸿爪"就出自这首诗，比喻往事遗留的痕迹。

6. 答案：C

本题考查的诗词为：

诗经·邶风·凯风

【先秦】佚名

凯风自南，吹彼棘心。棘心夭夭，母氏劬劳。
凯风自南，吹彼棘薪。母氏圣善，我无令人。
爰有寒泉，在浚之下。有子七人，母氏劳苦。
睍睆黄鸟，载好其音。有子七人，莫慰母心。

游子吟

【唐】孟郊

慈母手中线，游子身上衣。
临行密密缝，意恐迟迟归。
谁言寸草心，报得三春晖。

感遇十二首·其一

【唐】张九龄

兰叶春葳蕤，桂华秋皎洁。
欣欣此生意，自尔为佳节。
谁知林栖者，闻风坐相悦。
草木有本心，何求美人折！

解析：A 句出自《诗经·邶风·凯风》，把母爱风喻成凯风。B 句出自孟郊《游子吟》，是与亲情有关的经典诗作。C 句出自张九龄《感遇十二首·其一》，这首

诗以兰、桂自况，借兰桂之芳香比喻自己的高志美德，没有提到亲子之情。

7. 答案：多情却被无情恼

本题考查的诗词为：

蝶恋花·春景

【宋】苏轼

花褪残红青杏小。燕子飞时，绿水人家绕。
枝上柳绵吹又少。天涯何处无芳草。
墙里秋千墙外道，墙外行人，墙里佳人笑。
笑渐不闻声渐悄。多情却被无情恼。

干扰项：多情自古伤离别（【宋】柳永《雨霖铃》）。

8. 答案：春城无处不飞花

本题考查的诗词为：

寒食

【唐】韩翃

春城无处不飞花，寒食东风御柳斜。
日暮汉宫传蜡烛，轻烟散入五侯家。

干扰项："飘""时"。

你说我猜参考答案：

1. 绿树村边合，青山郭外斜。
2. 读书破万卷，下笔如有神。
3. 挥手自兹去，萧萧班马鸣。
4. 唯有牡丹真国色，花开时节动京城。
5. 风雨送春归，飞雪迎春到。
6. 黄四娘家花满蹊，千朵万朵压枝低。
7. 《别董大》
8. 王昌龄
9. 《春江花月夜》

攻擂资格争夺赛

VS

扫一扫
看选手精彩答题

孙晓婧：来自中国科学院国家空间科学中心，专业是空间环境及其效应。在"个人追逐赛"环节，以135分的总分获得"个人追逐赛"冠军，进入攻擂资格争夺赛。

王安周：牛津大学数学系在读的一名本科生，专业是数学和哲学。在"个人追逐赛"环节，王安周在百人团中准确率最高，耗时最短，进入第二个环节"攻擂资格争夺赛"。

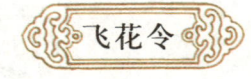

飞花令

大

孙晓婧

- 大道如青天，我独不得出。
- 大漠孤烟直，长河落日圆。
- 昨夜见军帖，可汗大点兵。
- 大雪压青松，青松挺且直。
- 大风起兮云飞扬，威加海内兮归故乡，安得猛士兮守四方。

王安周

- 大漠沙如雪，燕山月似钩。
- 大河上下，顿失滔滔。
- 阿爷无大儿，木兰无长兄。
- 大儿锄豆溪东，中儿正织鸡笼。
- ×

请说出含有"何"字和"处"字的诗句。

孙晓婧

❀借问酒家何处有，牧童遥指杏花村。

❀滟滟随波千万里，何处春江无月明。

❀今宵酒醒何处？杨柳岸，晓风残月。

❀人面不知何处去，桃花依旧笑春风。

❀二十四桥明月夜，玉人何处教吹箫。

王安周

❀人生到处知何似，应似飞鸿踏雪泥。

❀谁家今夜扁舟子，何处相思明月楼。

❀丞相祠堂何处寻，锦官城外柏森森。

❀西北望乡何处是，东南见月几回圆。

❀ ✕

擂主争霸赛

VS

扫一扫
看选手精彩答题

孙晓婧："攻擂资格争夺赛"中获胜者孙晓婧进入"擂主争霸赛"。在抢答中孙晓婧率先获得 5 分，守擂成功，成为本场擂主。

靳舒馨：连续三场获得擂主的靳舒馨在最后一个环节中与攻擂者孙晓婧一决高下。

1. 图片线索题，根据以下图画呈现的内容说出一联七言宋诗。

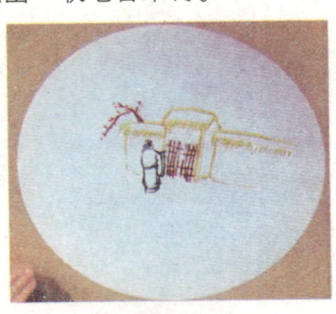

关

2. 图片线索题，根据以下图画呈现的内容说出一联七言唐诗。

声

3. 图片线索题，根据以下图画呈现的内容说出一联五言唐诗。

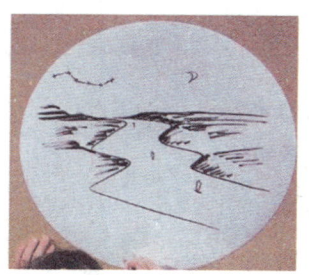

4. 描述线索题，请根据以下线索说出一联诗。

(1) 咏的是安徽某处的古迹。

(2) 作者是唐代的杜牧。

(3) 是对项羽自刎的否定。

(4) 是成语"卷土重来"的出处。

江

5. 描述线索题，请根据以下线索说出一种花。　　（　　　）

(1) 杜甫在江畔寻过它。

(2) 刘禹锡在道观里见过它。

(3) 唐伯虎曾用它换取酒钱。

(4) 崔护的心里忘不了它。

6. 描述线索题，请根据以下线索说出一种动物。　　（　　　）

(1) 它可象征权力。

(2) 李白要骑着它去访名山。

(3) 王维在别墅里圈养过它。

(4) 它的鸣叫声是"呦呦"。

7. 描述线索题，请根据以下线索说出一条河流。　　（　　　）

(1) 等闲平地起波澜

(2) 春来江水绿如蓝

(3) 数声风笛离亭晚

(4) 明月何时照我还

8. 描述线索题，请根据以下线索说出一个词牌名。　　（　　　）

(1) 词牌名与花有关。

(2) 词牌名也与美女有关。

(3) 蒋捷曾用这个词牌来写他听雨的感受。

(4) 李煜有名句"春花秋月何时了"。

9. 描述线索题，请根据以下线索说出一位诗人。　　（　　　）

(1) 曾与杜甫一同登上慈恩寺塔。

(2) 接济过流落成都的杜甫。

(3) 他是唐代著名边塞诗人。

(4) 写有"莫愁前路无知己，天下谁人不识君"的名句。

擂主争霸赛答案

1. 春色满园关不住，一枝红杏出墙来。　　6. 鹿

2. 两岸猿声啼不住，轻舟已过万重山。　　7. 长江

3. 星垂平野阔，月涌大江流。　　8. 《虞美人》

4. 江东子弟多才俊，卷土重来未可知。　　9. 高适

5. 桃花

自 我 评 价

个人追逐赛	1		攻擂资格争夺赛	飞花令		擂主争霸赛	答对	
	2							
	3			超级飞花令			道题	
	4							

一语天然万古新 · 嘉宾点评

听蜀僧濬弹琴

【唐】李白

蜀僧抱绿绮，西下峨眉峰。
为我一挥手，如听万壑松。
客心洗流水，余响入霜钟。
不觉碧山暮，秋云暗几重。

琴与诗

蜀僧为李白弹琴，那么李白就写了他听琴的整个过程，听琴很投入，不知不觉就到了傍晚时分。唐代有很多写音乐弹奏的诗，譬如我们比较熟的，王维的"独坐幽篁里，弹琴复长啸"，白居易笔下的"低眉信手续续弹，说尽心中无限事""犹抱琵琶半遮面"。

弹琵琶、弹琴，都是一个比较安静的过程，但在李白的笔下，这位蜀僧弹琴很有气派。"蜀僧抱绿绮"，绿绮是司马相如的一把琴，后来用绿绮指名贵的琴。"西下峨眉峰"，抱着琴就下了峨眉峰了，这看上去不

扫一扫
听专家现场讲解

像是抱着琴下的峨眉峰，像抱着一柄剑下的峨眉峰，所以李白笔下写的弹琴之人，自带气势。最主要是后边这两句"为我一挥手，如听万壑松"，蜀僧弹出来的琴声，就好像松树的声音在山谷里边回响一样。

同样是写音乐，不同的人，他的感受不一样；不同的人，他的表达方式

听琴图　绢本
【明】唐寅

不一样。李白写的琴声跟我刚才前面说的王维、白居易，甚至跟李贺写的箜篌的声音，韩愈写的琴的声音，都有很大的不同，李白这首诗重在渲染气势。

(康震)

七律·长征

【现代】毛泽东

红军不怕远征难，万水千山只等闲。
五岭逶迤腾细浪，乌蒙磅礴走泥丸。
金沙水拍云崖暖，大渡桥横铁索寒。
更喜岷山千里雪，三军过后尽开颜。

红军战士的气魄

毛泽东的这首《长征》大家非常熟悉，这是一首非常杰出的七律。这首诗其实是分了三大段。"红军不怕远征难，万水千山只等闲。"这是第一大段，宏观、概括地讲红军战士的气魄，它的关键词就是"不怕"。"五岭逶迤腾细浪，乌蒙磅礴走泥丸。金沙水拍云崖暖，大渡桥横铁索寒。"这是第二大段，分别写了"山"和"水"，因为这首诗前面说万水千山，什么山什么水呢？"五岭逶迤腾细浪"，五岭是多么地艰险，但是在战士的眼中，不过像是缕缕细浪。毛泽东把山形容成细浪腾起，这是非常浪漫的情思。"乌蒙磅礴走泥丸"，翻山越岭就像

扫一扫
听专家现场讲解

脚底下踩的小泥丸似的。"金沙水拍云崖暖"，水拍云崖为什么会暖呢？这说的是渡过金沙江之后，战士们心情非常热烈，于是这里用了"暖"字。"大渡桥横铁索寒"，可是飞夺泸定桥，那是多么艰难。最后的一大段，又和开头一样是总括，"更喜岷山千里雪，三军过后尽开颜"。所以毛泽东的这首七律，

仿巨然山水图轴 绢本
【清】王原祁

的的确确是以宏大的气势高度地概括和总结了二万五千里长征。（康震）

满江红·写怀

【宋】岳飞

怒发冲冠，凭栏处、潇潇雨歇。抬望眼，仰天长啸，壮怀激烈。三十功名尘与土，八千里路云和月。莫等闲、白了少年头，空悲切。

靖康耻，犹未雪。臣子恨，何时灭！驾长车，踏破贺兰山缺。壮志饥餐胡虏肉，笑谈渴饮匈奴血。待从头、收拾旧山河，朝天阙。

抗金战士的雄壮之气

"三十功名尘与土"，岳飞只活了三十九岁，所以说三十年征战这可能就不大真实，什么意思呢？就是这首词，是不是岳飞写的有一定的争议。但是大部分人还是相信，这是岳飞所作。那是岳飞什么时候作的呢？有第一次北伐时写的，第二次北伐时写的，以及他入狱之后写的这三种说法。

如果以第一次北伐而论的话，岳飞当时只有三十二岁，那就是三十功名，他其实不是说我战斗了三十年，是说我人生三十年怎么看待这个功名。现在有些人一看见功名，就觉得我们应该视功名如粪土，其实不

扫一扫
听专家现场讲解

山水图　纸本
【明】沈士充

是这个样的，这首诗里的功名是指功业，一个人要不要建功立业，一定是要的。岳飞是一个很积极的抗金派，他是一个武将，所以他会说"莫等闲，白了少年头，空悲切"。其实就相当于说"少壮不努力，老大徒伤悲"。也是要积极地建功立名的，所以不是说他不看重功名，认为三十年功名像尘土那样轻。他可能是说，他觉得功名还小，三十年功名只不过像尘土一样微小，他还想建立更大的功业。我觉得这样理解岳飞，才有一种属于抗金将士的雄壮之气。（蒙曼）

己亥杂诗
三百一十五首·其一百二十五

【清】龚自珍

九州生气恃风雷，万马齐喑究可哀。我劝天公重抖擞，不拘一格降人才。

不变革则"万马齐喑"

1839年是己亥年，这一年特别重要，可以说是中国古代史的终点，而1840年就是中国近代史的开篇了。我

觉得从这首诗中可以看出来，在1839年我们的民族危机还没有到来的时候，有识之士已经看到了当时社会"万马齐喑"的不良局面了，然后他们就呼唤一场重大的社会变革。我们刚刚纪念过改革开放四十年，改革其实也是变革，变革永远是社会向前发展的一个重要力量，如果一直没有变革，没有"风雷"的话，那最后可能就是"万马齐喑"。（蒙曼）

扫一扫
听专家现场讲解

马诗二十三首·其四

【唐】李贺

此马非凡马，房星本是星。

向前敲瘦骨，犹自带铜声。

马诗二十三首·其五

【唐】李贺

大漠沙如雪，燕山月似钩。

何当金络脑，快走踏清秋。

愿戴"金络脑"

李贺《马诗》一共写了二十三首，"大漠沙如雪，燕山月似钩"这一看李贺就没有去过边塞，没有去过边塞的人写边塞，就把边塞写得如诗如画。李贺在这诗里头寄寓了自己的理想主义的情感，他写给这匹马戴个金子做的马笼头，说明领导对这匹马很重视，对他很重视。"快走踏清秋"，他另一首诗

也说"男儿何不带吴钩，收取关山五十州。请君暂上凌烟阁，若个书生万户侯"。哪个书生被称作万户侯的？那都是拿吴钩的才能称作万户侯，但这些诗都是他在书房里写的，不是他拿着吴钩写的。

他在自己写的《马诗》里头说这马忒瘦了，"向前敲瘦骨，犹自带铜声。"这马瘦到什么程度？敲了半天发出了铜的声音。这瘦马是谁啊？就是他自己，所以他一方面借着马来说自己希望戴个"金络脑"，这就是希望伯乐认得这马是好马，自己能为朝廷所用。另外一方面，又自怜自惜自爱，说自己瘦得肋巴骨都露出来了，上前敲都能听出铜的声音。李贺这辈子马诗写了二十三首，而他自己就活了二十七岁。（康震）

扫一扫
听专家现场讲解

可能我们读李贺的诗，那种奇诡的、忧愁的诗会更多一些，但是在这也应该能看出来他那颗延绵不绝的盛唐之心，延绵不绝的雄心壮志。（蒙曼）

旅夜书怀

【唐】杜甫

细草微风岸，危樯独夜舟。

星垂平野阔，月涌大江流。

名岂文章著，官应老病休。

飘飘何所似，天地一沙鸥。

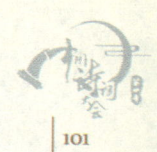

月下把杯图　绢本
【宋】马远

不世的诗意天才

扫一扫
听专家现场讲解

我特别佩服杜甫在晚年还能写出这些诗，他晚年本来很穷苦，但是诗的意境很壮大。你看他这首诗"细草微风岸，危樯独夜舟"，船在晚上走得不平坦、不安稳，然后"星垂平野阔，月涌大江流"，又非常壮大，但这个壮大是为了衬托什么呢？衬托"飘飘何所似，天地一沙鸥"。诗人既有壮大的胸怀，又有贫病的孤身，而这一切连在一起，又能创造一个完美的诗境，杜甫真的是诗意天才。（康震）

沁园春·长沙

【现代】毛泽东

独立寒秋，湘江北去，橘子洲头。

看万山红遍，层林尽染；漫江碧透，百舸争流。鹰击长空，鱼翔浅底，万类霜天竞自由。怅寥廓，问苍茫大地，谁主沉浮？

携来百侣曾游。忆往昔峥嵘岁月稠。恰同学少年，风华正茂；书生意气，挥斥方遒。指点江山，激扬文字，粪土当年万户侯。曾记否，到中流击水，浪遏飞舟？

新时代的召唤

我个人特别喜欢毛泽东这首词，原因在哪儿呢？毛泽东的词里边，写春光的不多，写秋光的非常多，像柳永一写就是"关河冷落，残照当楼。是处红衰翠减"，杜甫是"万里悲秋常作客，百年多病独登台"。但是毛泽东这首词里的秋天那可不一样，这首词有两个很关键的地方。一是"看万山红遍"然后是"层林尽染；漫江碧透，百舸争流。鹰击长空，鱼翔浅底"，大自然的一切都在跃动当中，这其实代表了一种新兴的生命力量。二是谁在"看万山红遍"？"恰同学少年"。他前面写的是大自然"万类霜天竞自由"，接下来写的是他的同学们，在一起"激扬文字，粪土当年万户侯"，所以上面是天，下面是人，天和人交相辉映，辅之以什么呢？万山红遍这样的大背景。毛泽东写这首词是在1925年的秋天，大革命的高潮即将到来，他当时在韶山养病，然后从湖南出发要去广州的农民运动讲习所。这个时候重游橘子洲头，引发了他无限的感慨，所以他这首词是在呼唤新的时代，召唤新的气象，展示他们新青年的新风采。（康震）

月夜

【唐】杜甫

今夜鄜州月，闺中只独看。
遥怜小儿女，未解忆长安。
香雾云鬟湿，清辉玉臂寒。
何时倚虚幌，双照泪痕干。

月夜思人

安史之乱一爆发，杜甫先把自己老婆孩子放到鄜州，也就是现在的延安地区，然后就回去找朝廷去了，没想到半路上让人家安史叛军截了个胡，把他抓起来了。就这样他在长安，他老婆孩子在鄜州，所以他说"今夜鄜州月，闺中只独看"，想象他的夫人和孩子应该在想念自己。他的夫人很不容易，杜甫写这诗的时候，应该是有两个儿子和两个女儿，老大叫杜宗文，老二叫杜宗武，后来在《自京赴奉先咏怀五百字》里边杜甫说"入门闻号啕，幼子饥已卒"，说明他还有个更小的儿子，但是饿死了。后来在《北征》里边

又说"床前两小女，补绽才过膝"，他回到家一看，两个小女孩衣服上补的那个补丁都过了膝盖了，这又说明他有两个女儿，所以除去那个已经夭折的孩子，在鄜州的时候，他夫人膝下应该是有两个男孩和两个女孩。杜甫不在身边，一个弱女子要养活四个孩子，这是很艰难的。杜甫写这首诗，实际上是极言他对家人的思念。（康震）

九月九日忆山东兄弟

【唐】王维

独在异乡为异客，每逢佳节倍思亲。
遥知兄弟登高处，遍插茱萸少一人。

高超的语言掌握法

诗人有时候觉得用字要精练，能用一个字坚决不用两个字；有时候又觉得用两个字比用一个字好。比如"独在异乡为异客，每逢佳节倍思亲"，你要改成"独为异乡客，佳节倍思亲"，这不是一样的吗？但是这样写力量就弱了，"独在异乡为异客"，这两个"异"一出来，异乡的感觉更强，然后还是自己一个人在异乡，当着异乡的客人，这时候"每逢佳节倍思亲"，他不是佳节倍思亲，而是"每逢佳节倍思亲"，就是思亲的感情，不是一次性的，它是你过春节的时候

也思亲，过清明节的时候还思亲，过端午节的时候还思亲，这就把这个感情，表现得非常非常饱满。就像"昔人已乘黄鹤去，此地空余黄鹤楼，黄鹤一去不复返"，为什么这么多"黄鹤"？这些"黄鹤"使这个感情表现得格外自在。所以王维十七岁写的这首诗，成了千古名篇、千古名作，这就在于除了有"每逢佳节倍思亲"这种打动人心的深情之外，其实还有王维把握语言非常高妙的地方。（蒙曼）

诗经·邶风·凯风

【先秦】佚名

凯风自南，吹彼棘心。棘心夭夭，母氏劬劳。凯风自南，吹彼棘薪。母氏圣善，我无令人。爰有寒泉，在浚之下。有子七人，母氏劳苦。睍睆黄鸟，载好其音。有子七人，莫慰母心。

游子吟

【唐】孟郊

慈母手中线，游子身上衣。
临行密密缝，意恐迟迟归。
谁言寸草心，报得三春晖。

感遇十二首·其一

【唐】张九龄

兰叶春葳蕤，桂华秋皎洁。
欣欣此生意，自尔为佳节。
谁知林栖者，闻风坐相悦。

设色菊花立轴　绢本
【明】陆遂

草木有本心，何求美人折！

感恩父母

《诗经》中讲感恩父母的诗最著名的两首诗，一是《诗经·邶风·凯风》，一是《诗经·小雅·蓼莪》。"凯风自南，吹彼棘心。棘心夭夭，母氏劬劳"，说的是和风吹在小苗上，小苗长了，母亲为此付出了多少心血，小苗才能逐渐长大，它是这样的叙事顺序。"哀哀父母，生我劬劳，父兮生我，母兮鞠我"是出自《诗经·小雅·蓼莪》，说的也是要感恩父母。这些诗在中国古代就形成了一个很大的传统——要懂得向父母感恩。这个传统传到孟郊这儿，才有了后来那两句非常朗朗上口，但是又贴切千古人心的"谁言寸草心，报得三春晖"。我个人觉得《诗经·邶风·凯风》《诗经·小雅·蓼莪》和《游  子吟》是中国讲亲子之情，特别是讲母子感情的三绝。（蒙曼）

游子

【唐】孟郊

萱草生堂阶，游子行天涯。

慈亲倚堂门，不见萱草花。

以萱草寄思念

这是孟郊写的《游子》，咱们一般来说对他写的另外一首诗比较熟悉，就是《游子吟》。《游子》这首诗重点突出的是萱草，萱草就是忘忧草，其实也就是黄花菜。《诗经》里说"焉得谖草，言树之背"，古时候游子  要远行的时候，就会在北堂之下种下萱草，希望母亲看到萱草就能够减轻对自己的思念。（康震）

山阴草堂图（局部） 纸本
【清】虚谷

第九场

天地英雄气，千秋尚凛然 1

一说起千古英雄，可能很多人马上会联想到帝王、将相、豪侠，其实在今天，英雄之名早已不再是王侯将相的专属，它属于每一位实干兴邦的普通人。英雄可以是"十年磨一剑" 2 的工匠，也可以是"汗滴禾下土" 3 的农民；可以是"视死忽如归" 4 的战士，也可以是"化作春泥更护花" 5 的老师。英雄之心在史册里、在传说中，更在每一位中华儿女的血脉中。今天就让我们在《中国诗词大会》花开四季的舞台上，以壮美的诗篇致敬英雄，更致敬孕育英雄之气的天地山河。

——董卿（《中国诗词大会》主持人）

扫一扫
看专家现场致辞

---

1 《蜀先主庙》【唐】刘禹锡
　　天地英雄气，千秋尚凛然。势分三足鼎，业复五铢钱。
　　得相能开国，生儿不象贤。凄凉蜀故妓，来舞魏宫前。

2 《剑客》【唐】贾岛
　　十年磨一剑，霜刃未曾试。今日把示君，谁有不平事？

3 《悯农二首》【唐】李绅
　　春种一粒粟，秋成万颗子。四海无闲田，农夫犹饿死。
　　锄禾日当午，汗滴禾下土。谁知盘中餐，粒粒皆辛苦。

4 《白马篇》【魏】曹植
　　白马饰金羁，连翩西北驰。借问谁家子，幽并游侠儿。少小去乡邑，扬名沙漠垂。宿昔秉良弓，楛矢何参差。
　　控弦破左的，右发摧月支。仰手接飞猱，俯身散马蹄。狡捷过猴猿，勇剽若豹螭。边城多警急，虏骑数迁移。
　　羽檄从北来，厉马登高堤。长驱蹈匈奴，左顾凌鲜卑。弃身锋刃端，性命安可怀？父母且不顾，何言子与妻！
　　名编壮士籍，不得中顾私。捐躯赴国难，视死忽如归！

5 《己亥杂诗三百一十五首·其五》【清】龚自珍
　　浩荡离愁白日斜，吟鞭东指即天涯。落红不是无情物，化作春泥更护花。

　　董卿老师刚才说英雄气不止充塞于天地和历史的时空，关键要充塞于我们的人生和心间。我用几首唐诗集句作了一首绝句，在此和大家共勉。诗云："南图卷云水[6]，歌称我洞庭[7]。川程方浩淼[8]，丹彩泻沧溟[9]。"

——郦波（南京师范大学文学院教授、博士生导师）

　　中国古代，有拿骏马比英雄的传统，所以我送给大家一首写骏马的诗："胡马大宛名，锋棱瘦骨成。竹批双耳峻，风入四蹄轻。所向无空阔，真堪托死生。骁腾有如此，万里可横行。"[10]

——蒙曼（中央民族大学历史文化学院教授、北京大学历史学博士）

扫一扫
看专家现场致辞

6　《舟中苦热遣怀奉呈阳中丞通简台省诸公》（节选）【唐】杜甫
　　愧为湖外客，看此戎马乱。中夜混黎氓，脱身亦奔窜。平生方寸心，反当帐下难。呜呼杀贤良，不叱白刃散。吾非丈夫特，没齿埋冰炭。耻以风病辞，胡然泊湘岸。入舟虽苦热，垢腻可溉灌。痛彼道边人，形骸改昏旦。中丞连帅职，封内权得按。身当问罪先，县实诸侯半。士卒既辑睦，启行促精悍。似闻上游兵，稍逼长沙馆。怜好彼克修，天机自明断。南图卷云水，北拱戴霄汉。美名光史臣，长策何壮观。驱驰数公子，咸愿同伐叛。
7　《渔父》【唐】贯休
　　一叶一竿竹，眉须雪欲零。陆应无祖业，香必是伊腥。儿亦名鱼鸠，歌称我洞庭。回头深自愧，旧业近沧溟。
8　《夜泊有怀》【唐】权德舆
　　栖鸟向前林，暝色生寒芜。孤舟去不息，众感非一途。川程方浩淼，离思纷郁纡。转枕眼未熟，拥衾泪已濡。窅然风水上，寝食疲朝晡。心想洞房夜，知君还向隅。
9　《将游衡岳过汉阳双松亭留别族弟浮屠谈皓》（节选）【唐】李白
　　秦欺赵氏璧，却入邯郸宫。本是楚家玉，还来荆山中。丹彩泻沧溟，精辉凌白虹。青蝇一相点，流落此时同。
10　《房兵曹胡马诗》【唐】杜甫
　　胡马大宛名，锋棱瘦骨成。竹批双耳峻，风入四蹄轻。所向无空阔，真堪托死生。骁腾有如此，万里可横行。

诗词之乐何处寻?

个人追逐赛

1 号选手

扫一扫
看选手精彩答题

杜禹颉

黄沙百战穿金甲，不破楼兰终不还。

从军行七首·其四

【唐】王昌龄

青海长云暗雪山，孤城遥望玉门关。

黄沙百战穿金甲，不破楼兰终不还。

杜禹颉：来自四川，是一名民航飞行员。在"个人追逐赛"环节共答对 2 道题，得分 43 分。

1. 请从以下九个字中识别一句五言唐诗。

微	飞	子
细	燕	融
风	雨	泥

【分值：16】

2. 请从以下十二个字中识别一句七言宋诗。

飞	鸿	计	那
赴	泥	应	东
西	似	踏	雪

【分值：27】

3. 请对上联。

山	光	悦	鸟	性
潭	影	空	人	心

幽	此	曲	深	通	木	房	折
中	悠	径	夜	处	花	禅	柳

【分值：15】

4. 以下哪一项是正确的? （　）

A 得成比目何辞死? 只美鸳鸯不美仙。

B 得成比目何辞死? 愿作鸳鸯不美仙。

C 得成比目何辞死? 愿美鸳鸯不美仙。

【分值：15】

5. "幸因腐草出，敢近太阳飞"，作者所咏之物为? （　）

A 凤凰

B 乌鸦

C 萤火虫

【分值：15】

6. 李清照《醉花阴》中"瑞脑销金兽"，描写的是下列哪项情景? （　）

A 焚香

B 煎药

C 清洗古玩

【分值：15】

7. 请从以下九个字中识别一句五言唐诗。

散	如	落
兄	分	皆
弟	有	地

【分值：15】

8. 请从以下九个字中识别一句五言唐诗。

空	林	终
不	见	人
曲	幽	峰

【分值：15】

计算得分：

选手未答出的题目按 15 分计算。

出口成诗

在 150 秒内说出和以下 12 个关键词有关联的诗句。

1. 庐山	2. 簪子	3. 猿啼	4. 秦淮河
5. 剑阁	6. 锦官城	7. 江山	8. 比翼鸟
9. 夫婿	10. 马嵬	11. 驴	12. 明月

❀ 1.

❀ 2.

❀ 3.

❀ 4.

❀ 5.

❀ 6.

❀ 7.

❀ 8.

❀ 9.

❀ 10.

❀ 11.

❀ 12.

2号选手

扫一扫
看选手精彩答题

田大地

俱往矣，数风流人物，还看今朝。

沁园春·雪

【现代】毛泽东

北国风光，千里冰封，万里雪飘。望长城内外，
惟余莽莽；大河上下，顿失滔滔。山舞银蛇，原驰蜡象，
欲与天公试比高。须晴日，看红装素裹，分外妖娆。

江山如此多娇，引无数英雄竞折腰。惜秦皇汉武，
略输文采；唐宗宋祖，稍逊风骚。一代天骄，成吉思汗，
只识弯弓射大雕。俱往矣，数风流人物，还看今朝。

田大地：来自北京市黄城根小学，现在是一名六年级的学生。在"个人追逐赛"环节共答对 4 道题，得分 105 分。

1. 请从以下九个字中识别一句五言唐诗。

风	满	人
刀	弓	大
雪	夜	江

【分值：11】

2. 请从以下十二个字中识别一句七言唐诗。

愿	国	有	长
身	此	一	报
得	万	生	长

【分值：15】

3. 请对上联。

东	风	不	与	周	郎	便
铜	雀	春	深	锁	二	乔

销	朝	折	将	铁	摩	洗	沉
认	沙	消	未	磨	自	戟	前

【分值：47】

4. "五岳寻仙不辞远，一生好入名川游"中哪个字是错误的？ （ ）

A 寻 × —— 求

B 仙 × —— 山

C 川 × —— 山

【分值：10】

5. 请问以下哪句诗与荆轲有关？ （ ）

A 十步杀一人，千里不留行。

B 平生一匕首，感激赠夫君。

C 昔时人已没，今日水犹寒。

【分值：37】

6. 毛泽东词"不到长城非好汉，屈指行程二万"中"屈指"的意思是？ （ ）

A 首屈一指，比喻特出

B 弯着指头计数

C 曲折地前进

【分值：15】

7. "楚王好细腰，宫中多饿死"中"细腰"指的是谁的腰？ （ ）

A 楚国君王的腰

B 楚国大臣的腰

C 楚国美女的腰

【分值：15】

8. 请从以下九个字中识别一句唐代词句。

严	洗	妇
赴	新	迟
妆	弄	梳

【分值：15】

计算得分：

选手未答出的题目按 15 分计算。

你说我猜

在 180 秒内给出下列题目的答案。

1. "情人怨遥夜，竟夕起相思"的前两句诗是什么？

2. "挽弓当挽强，用箭当用长"的后两句诗是什么？

3. "早岁那知世事艰，中原北望气如山"的后两句诗是什么？

4. "咬定青山不放松，立根原在破岩中"的后两句诗是什么？

5. 杜甫最崇拜的那位诗人是谁？

6. 号"东坡居士"的诗人是谁？

7. "结庐在人境，而无车马喧"出自哪首诗？

8. 《小池》的作者是谁？

1.
2.
3.
4.
5.
6.
7.
8.

3 号选手

扫一扫
看选手精彩答题

陈　更

亦余心之所善兮，虽九死其犹未悔。

离骚（节选）

【先秦】屈原

长太息以掩涕兮，哀人生之多艰。余虽好修姱以靰羁兮，謇朝谇而夕替。既替余以蕙纕兮，又申之以揽茝。亦余心之所善兮，虽九死其犹未悔。

陈　更：来自陕西，北京大学工科博士生。在"个人追逐赛"环节共答对6道题，得分106分。获得"个人追逐赛"冠军，并进入"攻擂资格争夺赛"环节。

1. 请从以下九个字中识别一句五言唐诗。

雪	来	归
晓	夜	欲
人	晚	风

【分值：5】

2. 请从以下十二个字中识别一句七言宋诗。

中	二	绿	田
一	水	分	将
绕	护	洲	白

【分值：30】

3. 请对上联。

旧	时	王	谢	堂	前	燕
飞	入	寻	常	百	姓	家
巷	朱	霞	衣	花	口	草	斜
鸟	野	乌	夕	桥	边	阳	雀

【分值：15】

4. 周邦彦词句"并刀如水，吴盐胜雪"中的"并刀"和"吴盐"是为了吃什么东西而准备的？ （　）

A 烤肉

B 橙子

C 鱼片

【分值：31】

5. 张继诗曰："月落乌啼霜满天，江枫渔火对愁眠"，他"愁"的原因最可能是？ （　）

A 旅费不足，寄宿游船。

B 国家动乱，自己漂泊。

C 环境凄凉，疾病缠身。

【分值：15】

6. 毛泽东"把酒酹滔滔，心潮逐浪高"中的"酹"指的是以下哪种行为？（　）

A 自斟自饮

B 洒酒祭奠

C 向人劝酒

【分值：11】

7. 黄庭坚诗"朱弦已为佳人绝，青眼聊因美酒横"里的"青眼"是指什么？ （　）

A 美丽的眼睛

B 胡姬的眼睛

C 正眼看人

【分值：14】

8. 请从以下十二个字中识别一句七言唐诗。

宛	至	卧	扫
前	眉	蛾	马
尊	转	淡	朝

【分值：15】

计算得分：

选手未答出的题目按 15 分计算。

横扫千军

选手与12位百人团选手对抗飞花令，需要5秒内说出诗句。

黄柏源

❀ 枝上柳绵吹又少，天涯何处无芳草。

钟斯婕

❀ 榆柳荫后檐，桃李罗堂前。

马思涵

❀ 烟柳画桥，风帘翠幕，参差十万人家。

王茜

❀ 忽见陌头杨柳色，悔叫夫婿觅封侯。

陈开

❀ 无情最是台城柳，依旧烟笼十里堤。

肖异瑶

❀ 柳下系船犹未稳，能几日，又中秋。

周朝伟

❀ 昔我往矣，杨柳依依，今我来思，雨雪霏霏。

仝礼允

❀ 月上柳梢头，人约黄昏后。

胡艳琴

❀ 日长睡起无情思，闲看儿童捉柳花。

史成林

❀ 池塘生春草，园柳变鸣禽。

邱毓丽

❀ 扬子江头杨柳春，杨花愁杀渡江人。

李宇泽

❀ 长安古道马迟迟，高柳乱蝉嘶。

陈更

❀ 青青河畔草，郁郁园中柳。

❀ 杨柳青青江水平，闻郎江上唱歌声。

❀ 两个黄鹂鸣翠柳，一行白鹭上青天。

❀ 今宵酒醒何处？杨柳岸，晓风残月。

❀ 我失骄杨君失柳，杨柳轻飏直上重霄九。

❀ 草长莺飞二月天，拂堤杨柳醉春烟。

❀ 却笑东风从此，便熏梅染柳，更没些闲。

❀ 云霞出海曙，梅柳渡江春。

❀ 柳眼梅腮，已觉春心动。

❀ 蛾儿雪柳黄金缕，笑语盈盈暗香去。

❀ 年年柳色，灞陵伤别。

❀ 晚日寒鸦一片愁，柳塘新绿却温柔。

4 号选手

马保利

不畏浮云遮望眼，自缘身在最高层。

登飞来峰

【宋】王安石

飞来山上千寻塔，闻说鸡鸣见日升。

不畏浮云遮望眼，自缘身在最高层。

马保利： 南方航空大连分公司机长。博大精深的中国文化给了他看待飞行的新角度，他觉得飞行不仅要有高度和速度，还要有温度和气度。在"个人追逐赛"环节共答对 6 道题，得分 67 分。

1. 请从以下九个字中识别一句五言唐诗。

离	心	原
离	别	有
木	本	草

【分值：10】

2. 请从以下十二个字中识别一句七言唐诗。

千	枝	朵	低
开	树	万	树
朵	梨	一	压

【分值：23】

3. 请对上联。

4. 以下三种祝贺用语都来自于《诗经》，请问哪一项与植物有关？　（　　）

今	日	听	君	歌	一	曲
暂	凭	杯	酒	长	精	神

侧	万	前	畔	千	测	沉	树
病	舟	过	春	头	凡	帆	木

A 乔迁之喜

B 弄璋之喜

C 弄瓦之喜

【分值：15】

【分值：5】

5. 我们现在看到的这幅画是宋代画家郑思肖所作，请问以下哪句诗中没有提到画面中的植物？　（　　）

A 都门帐饮无绪，留恋处、兰舟催发。

B 山下兰芽短浸溪，松间沙路净无泥。

C 涉江采芙蓉，兰泽多芳草。

【分值：6】

6. 刘禹锡"晚来风起花如雪，飞入宫墙不见人"，这里的花指的是？　（　　）

A 梅花　　　　　　B 梨花　　　　　　C 柳絮

【分值：8】

7. 请从以下十二个字中识别一句七言宋诗。

九	月	应	印
苍	可	怜	齿
初	三	屐	苔

8. 请从以下十二个字中识别一句五代词句。

事	花	梦	月
如	春	无	日
了	秋	何	时

【分值：15】

【分值：15】

计算得分：
选手未答出的题目按 15 分计算。

个人追逐赛答案、解析与拓展

1号选手题

1. 答案：泥融飞燕子

本题考查的诗词为：

绝句二首·其一

【唐】杜甫

迟日江山丽，春风花草香。

泥融飞燕子，沙暖睡鸳鸯。

干扰项：微风燕子斜（【唐】杜甫《水槛遣心》）、微雨燕双飞（【宋】晏几道《临江仙》）。

2. 答案：应似飞鸿踏雪泥

本题考查的诗词为：

和子由渑池怀旧

【宋】苏轼

人生到处知何似？应似飞鸿踏雪泥。

泥上偶然留指爪，鸿飞那复计东西。

老僧已死成新塔，坏壁无由见旧题。

往日崎岖还记否，路长人困蹇驴嘶。

干扰项：鸿飞那复计东西（【宋】苏轼《和子由渑池怀旧》）。

3. 答案：曲径通幽处，禅房花木深

本题考查的诗词为：

题破山寺后禅院

【唐】常建

清晨入古寺，初日照高林。

曲径通幽处，禅房花木深。

山光悦鸟性，潭影空人心。

万籁此俱寂，但余钟磬音。

4. 答案：B

本题考查的诗词为：

长安古意（节选）

【唐】卢照邻

得成比目何辞死？愿作鸳鸯不羡仙。

比目鸳鸯真可羡，双去双来君不见。

5. 答案：C

本题考查的诗词为：

萤火

【唐】杜甫

幸因腐草出，敢近太阳飞。

未足临书卷，时能点客衣。

随风隔幔小，带雨傍林微。

十月清霜重，飘零何处归。

解析：古人认为萤火虫是腐草所化，李商隐有"如今腐草无萤火"之句。此句言萤火之微光，不能与太阳争辉，故不敢飞近太阳。

6. 答案：A

本题考查的诗词为：

醉花阴

【宋】李清照

薄雾浓云愁永昼，瑞脑销金兽。佳节又重阳，玉枕纱厨，半夜凉初透。

东篱把酒黄昏后，有暗香盈袖。莫道不销魂，帘卷西风，人比黄花瘦。

解析：瑞脑，又称龙脑，是一种香料。金兽，指兽形铜香炉。

7. 答案：有弟皆分散

本题考查的诗词为：

月夜忆舍弟

【唐】杜甫

戍鼓断人行，秋边一雁声。

露从今夜白，月是故乡明。

有弟皆分散，无家问死生。

寄书长不达，况乃未休兵。

干扰项：落地为兄弟（【晋】陶渊明《杂诗》）。

8. 答案：曲终人不见

本题考查的诗词为：

省试湘灵鼓瑟

【唐】钱起

善鼓云和瑟，常闻帝子灵。

冯夷空自舞，楚客不堪听。

苦调凄金石，清音入杳冥。

苍梧来怨慕，白芷动芳馨。

流水传湘浦，悲风过洞庭。

曲终人不见，江上数峰青。

干扰项：空山不见人（【唐】王维《鹿柴》）。

出口成诗参考答案：

1. 日照香炉生紫烟，遥看瀑布挂前川。

2. 白头搔更短，浑欲不胜簪。

3. 两岸猿声啼不住，轻舟已过万重山。

4. 烟笼寒水月笼沙，夜泊秦淮近酒家。

5. 剑阁峥嵘而崔嵬，一夫当关，万夫莫开。

6. 晓看红湿处，花重锦官城。

7. 江山代有才人出，各领风骚数百年。

8. 在天愿作比翼鸟，在地愿为连理枝。

9. 忽见陌头杨柳色，悔教夫婿觅封侯。

10. 马嵬坡下泥土中，不见玉颜空死处。

11. 此身合是诗人未？细雨骑驴入剑门。

12. 明月出天山，苍茫云海间。

2 号选手题

1. 答案：大雪满弓刀

本题考查的诗词为：

塞下曲六首·其三

【唐】卢纶

月黑雁飞高，单于夜遁逃。

欲将轻骑逐，大雪满弓刀。

干扰项：风雪夜归人（【唐】刘长卿《逢雪宿芙蓉山主人》）。

2. 答案：愿得此身长报国

本题考查的诗词为：

塞上曲二首·其二

【唐】戴叔伦

汉家旗帜满阴山，不遣胡儿匹马还。

愿得此身长报国，何须生入玉门关？

干扰项：一身报国有万死（【宋】陆游《夜泊水村》）。

3. 答案：折戟沉沙铁未销，自将磨洗认前朝

本题考查的诗词为：

赤壁

【唐】杜牧

折戟沉沙铁未销，自将磨洗认前朝。

东风不与周郎便，铜雀春深锁二乔。

干扰项："摩""消"。

4. 答案：C

本题考查的诗词为：

庐山谣寄卢侍御虚舟

【唐】李白

我本楚狂人，凤歌笑孔丘。

手持绿玉杖，朝别黄鹤楼。

五岳寻仙不辞远，一生好入名山游。

庐山秀出南斗旁，屏风九叠云锦张，

影落明湖青黛光。

金阙前开二峰长，银河倒挂三石梁。

香炉瀑布遥相望，回崖沓嶂凌苍苍。

翠影红霞映朝日，鸟飞不到吴天长。

登高壮观天地间，大江茫茫去不还。

黄云万里动风色，白波九道流雪山。

好为庐山谣，兴因庐山发。

闲窥石镜清我心，谢公行处苍苔没。

早服还丹无世情，琴心三叠道初成。

遥见仙人彩云里，手把芙蓉朝玉京。

先期汗漫九垓上，愿接卢敖游太清。

5. 答案：C

本题考查的诗词为：

侠客行

【唐】李白

赵客缦胡缨，吴钩霜雪明。

银鞍照白马，飒沓如流星。

十步杀一人，千里不留行。

事了拂衣去，深藏身与名。

闲过信陵饮，脱剑膝前横。

将炙啖朱亥，持觞劝侯嬴。

三杯吐然诺，五岳倒为轻。

眼花耳热后，意气素霓生。

救赵挥金槌，邯郸先震惊。

千秋二壮士，烜赫大梁城。

纵死侠骨香，不惭世上英。

谁能书阁下，白首太玄经？

送吴宣从事

【唐】孟浩然

才有幕中画，而无塞上勋。

汉兵将灭虏，王粲始从军。

旌旆边亭去，山川地脉分。

平生一匕首，感激赠夫君。

于易水送人

【唐】骆宾王

此地别燕丹，壮士发冲冠。

昔时人已没，今日水犹寒。

解析：A 句出自李白《侠客行》。这首诗引用信陵君和侯嬴、朱亥的故事来进一步歌颂侠客，同时也委婉地表达了自己的抱负。B 句出自孟浩然《送吴宣从事》。C 句出自骆宾王《于易水送人》，"此地别燕丹，壮士发冲冠"里提到的"此地"就是易水，"壮士"就是荆轲。

6. 答案：B

本题考查的诗词为：

清平乐·六盘山

【现代】毛泽东

天高云淡，望断南飞雁。不到长城非好汉，屈指行程二万。

六盘山上高峰，红旗漫卷西风。今日长缨在手，何时缚住苍龙？

解析："屈指行程二万"的意思是作者屈指一算，红军所行的路程已经两万里了。

7. 答案：B

本题考查的诗词为：

无题

【汉】佚名

吴王好剑客，百姓多疮瘢。

楚王好细腰，宫中多饿死。

解析："楚腰"的典故出自《墨子·兼爱》："昔者楚灵王好士细腰，故灵王之臣，皆以一饭为节，胁息然后带，扶墙然后起。比期年，朝有黧黑之色。"所以这里指楚国大臣的腰，而不是美女的腰。楚国大臣为了迎合楚灵王的爱好，被迫挨饿瘦腰，追求屏住气才能束起腰带，扶墙才能站起来的"楚腰"。

8. 答案：弄妆梳洗迟

本题考查的诗词为：

菩萨蛮

【唐】温庭筠

小山重叠金明灭，鬓云欲度香腮雪。懒起画蛾眉，弄妆梳洗迟。

照花前后镜，花面交相映。新帖绣罗襦，双双金鹧鸪。

干扰项：新妇起严妆（【汉】佚名《孔雀东南飞》）。

你说我猜参考答案：

1.海上生明月，天涯共此时。

2. 射人先射马，擒贼先擒王。

3. 楼船夜雪瓜洲渡，铁马秋风大散关。

4. 千磨万击还坚劲，任尔东西南北风。

5. 李白

6. 苏轼

7.《饮酒》

8. 杨万里

3号选手题

1. 答案：风雪夜归人

　　本题考查的诗词为：

逢雪宿芙蓉山主人

　　【唐】刘长卿

　　日暮苍山远，天寒白屋贫。
　　柴门闻犬吠，风雪夜归人。

　　干扰项：晚来天欲雪（【唐】白居易《问刘十九》）。

2. 答案：一水护田将绿绕

　　本题考查的诗词为：

书湖阴先生壁二首·其一

　　【宋】王安石

　　茅檐长扫静无苔，花木成畦手自栽。
　　一水护田将绿绕，两山排闼送青来。

　　干扰项：一水中分白鹭洲（【唐】李白《登金陵凤凰台》）。

3. 答案：朱雀桥边野草花，乌衣巷口夕阳斜

　　本题考查的诗词为：

乌衣巷

　　【唐】刘禹锡

　　朱雀桥边野草花，乌衣巷口夕阳斜。
　　旧时王谢堂前燕，飞入寻常百姓家。

　　干扰项："霞""鸟"。

4. 答案：B

　　本题考查的诗词为：

少年游

　　【宋】周邦彦

　　并刀如水，吴盐胜雪，纤手破新橙。锦幄初温，兽烟不断，相对坐调笙。

　　低声问向谁行宿，城上已三更。马滑霜浓，不如休去，直是少人行。

　　解析："并刀"指并州（今山西太原一带）出产的剪刀，以锋利著名。"吴盐"指吴地出产的洁白细盐。这两样东西都是为了吃橙子准备的，据说盐可以去除橙子的酸涩之味。《齐天乐·赋橙》中写道："并刀寒映素手，醉魂沉夜饮，曾情排遣。沉溢含酸，金罂裹玉，薣薣吴盐轻点。瑶姬齿软。

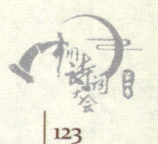

待惜取团圆，莫教分散。把罗香
自满。"

5. 答案：B

本题考查的诗词为：

枫桥夜泊

【唐】张继

月落乌啼霜满天，江枫渔火对愁眠。
姑苏城外寒山寺，夜半钟声到客船。

解析：张继的《枫桥夜泊》作于安史之
乱爆发后。他沿江东下避乱，准备去会稽（今
浙江绍兴），途经苏州，夜泊吴淞江，有感
而作本诗。张继在天宝十二载（753年）进
士及第，尚未授官就爆发安史之乱。

6. 答案：B

本题考查的诗词为：

菩萨蛮·黄鹤楼

【现代】毛泽东

茫茫九派流中国，沉沉一线穿南北。烟雨
莽苍苍，龟蛇锁大江。

黄鹤知何去？剩有游人处。把酒酹滔滔，
心潮逐浪高！

解析：此词作于1927年春，作者自述

这是描绘1927年大革命失败前夕的苍凉心
境。"酹"是洒酒祭奠的意思。苏轼《念奴
娇·赤壁怀古》有"一尊还酹江月"。

7. 答案：C

本题考查的诗词为：

登快阁

【宋】黄庭坚

痴儿了却公家事，快阁东西倚晚晴。
落木千山天远大，澄江一道月分明。
朱弦已为佳人绝，青眼聊因美酒横。
万里归船弄长笛，此心吾与白鸥盟。

解析：黑色的眼珠在眼眶中间，青眼看
人表示对人的喜爱或尊重，指正眼看人。

8. 答案：淡扫蛾眉朝至尊

本题考查的诗词为：

集灵台二首·其二

【唐】张祜

虢国夫人承主恩，平明骑马入宫门。
却嫌脂粉污颜色，淡扫蛾眉朝至尊。

干扰项：宛转蛾眉马前死（【唐】白居
易《长恨歌》）。

4 号选手题

1. 答案：草木有本心

本题考查的诗词为：

感遇十二首·其一

【唐】张九龄

兰叶春葳蕤，桂华秋皎洁。
欣欣此生意，自尔为佳节。
谁知林栖者，闻风坐相悦。
草木有本心，何求美人折！

干扰项：离离原上草（【唐】白居易《赋得古原草送别》）。

2. 答案：千朵万朵压枝低

本题考查的诗词为：

江畔独步寻花七首·其六

【唐】杜甫

黄四娘家花满蹊，千朵万朵压枝低。
留连戏蝶时时舞，自在娇莺恰恰啼。

干扰项：千树万树梨花开（【唐】岑参《白雪歌送武判官归京》）。

3. 答案：沉舟侧畔千帆过，病树前头万木春

本题考查的诗词为：

酬乐天扬州初逢席上见赠

【唐】刘禹锡

巴山楚水凄凉地，二十三年弃置身。
怀旧空吟闻笛赋，到乡翻似烂柯人。
沉舟侧畔千帆过，病树前头万木春。
今日听君歌一曲，暂凭杯酒长精神。

4. 答案：A

本题考查的诗词为：

诗经·小雅·伐木

【先秦】佚名

伐木丁丁，鸟鸣嘤嘤。
出自幽谷，迁于乔木。
嘤其鸣矣，求其友声。
相彼鸟矣，犹求友声。
矧伊人矣，不求友生。
神之听之，终和且平。
伐木许许，酾酒有藇。
既有肥羜，以速诸父。
宁适不来，微我弗顾。
於粲洒扫，陈馈八簋。
既有肥牡，以速诸舅。
宁适不来，微我有咎。
伐木于阪，酾酒有衍。
笾豆有践，兄弟无远。
民之失德，干糇以愆。
有酒湑我，无酒酤我。
坎坎鼓我，蹲蹲舞我。
迨我暇矣，饮此湑矣。

诗经·小雅·斯干

【先秦】佚名

秩秩斯干，幽幽南山。
如竹苞矣，如松茂矣。
兄及弟矣，式相好矣，
无相犹矣。
似续妣祖，筑室百堵，
西南其户。爰居爰处，

爱笑爱语。

约之阁阁，椓之橐橐。

风雨攸除，鸟鼠攸去，

君子攸芋。

如跂斯翼，如矢斯棘，

如鸟斯革，如翚斯飞，

君子攸跻。

殖殖其庭，有觉其楹。

哙哙其正，哕哕其冥，

君子攸宁。

下莞上簟，乃安斯寝。

乃寝乃兴，乃占我梦。

吉梦维何？维熊维罴，

维虺维蛇。

大人占之：维熊维罴，

男子之祥；维虺维蛇，

女子之祥。

乃生男子，载寝之床，

载衣之裳，载弄之璋。

其泣喤喤，朱芾斯皇，

室家君王。

乃生女子，载寝之地。

载衣之裼，载弄之瓦。

无非无仪，唯酒食是议，

无父母诒罹。

解析：A 选项"乔迁之喜"出自《诗经·小雅·伐木》："伐木丁丁，鸟鸣嘤嘤。出自幽谷，迁于乔木。"原意是鸟儿飞离深谷，迁到高大的树木上去。后来古人用来做祝贺用语，贺人迁居或者贺人官职升迁之辞。

B 选项"弄璋之喜"出自《诗经·小雅·斯干》："乃生男子，载寝之床。载衣

之裳，载弄之璋。"意思是古人把璋给男孩玩，希望他将来有玉一样的品德。旧时常用以祝贺人家生男孩。璋是上圆下方的玉器，整个叫圭，半个叫璋。

C 选项"弄瓦之喜"出自《诗经·小雅·斯干》："乃生女子，载寝之地。载衣之裼，载弄之瓦。"

5. 答案：A

本题考查的诗词为：

雨霖铃

【宋】柳永

寒蝉凄切，对长亭晚，骤雨初歇。都门帐饮无绪，留恋处，兰舟催发。执手相看泪眼，竟无语凝噎。念去去，千里烟波，暮霭沉沉楚天阔。

多情自古伤离别，更那堪，冷落清秋节！今宵酒醒何处？杨柳岸，晓风残月。此去经年，应是良辰好景虚设。便纵有千种风情，更与何人说？

浣溪沙

【宋】苏轼

山下兰芽短浸溪，松间沙路净无泥，潇潇暮雨子规啼。

谁道人生无再少？门前流水尚能西！休将白发唱黄鸡。

涉江采芙蓉

【汉】佚名

涉江采芙蓉，兰泽多芳草。

采之欲遗谁？所思在远道。

还顾望旧乡，长路漫浩浩。

同心而离居，忧伤以终老。

6. **答案：C**

本题考查的诗词为：

杨柳枝词九首·其六

【唐】刘禹锡

炀帝行宫汴水滨，数株残柳不胜春。

晚来风起花如雪，飞入宫墙不见人。

解析：A、B为干扰项，古人常用雪来形容白花。如李煜《清平乐》"砌下落梅如雪乱，拂了一身还满"，以飞雪形容纷纷落梅（白梅）；岑参《白雪歌送武判官归京》"忽如一夜春风来，千树万树梨花开"，以白色的梨花形容白雪。C为正确答案，古人常以柳絮为柳花，又因为隋炀帝行宫堤上多植柳树，故唐人咏柳，往往与行宫或者是宫殿有关。

7. **答案：应怜屐齿印苍苔**

本题考查的诗词为：

游园不值

【宋】叶绍翁

应怜屐齿印苍苔，小扣柴扉久不开。

春色满园关不住，一枝红杏出墙来。

干扰项：可怜九月初三夜（【唐】白居易《暮江吟》）。

8. **答案：春花秋月何时了**

本题考查的诗词为：

虞美人

【五代】李煜

春花秋月何时了，往事知多少？小楼昨夜又东风，故国不堪回首月明中。

雕栏玉砌应犹在，只是朱颜改。问君能有几多愁？恰似一江春水向东流。

干扰项：事如春梦了无痕（【宋】苏轼《正月二十日与潘郭二生出郊寻春忽记去年是日同至女王城作诗乃和前韵》）。

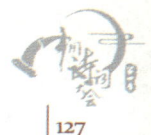

攻擂资格争夺赛

 VS

扫一扫
看选手精彩答题

陈　更：来自陕西，是北京大学的一名博士生。在"个人追逐赛"环节，以106分的总分获得"个人追逐赛"冠军，进入"攻擂资格争夺赛"。

朱　彤：来自湖北，是上海同济大学生物医学专业的一名研究生。在"个人追逐赛"环节，朱彤在百人团中准确率最高，耗时最短，进入第二个环节"攻擂资格争夺赛"。

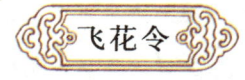 飞花令

陈　更

* 天地有正气，杂然赋流行。
* 天地寂寥山雨歇，几生修得到梅花。
* 天地既爱酒，爱酒不愧天。
* 地崩山摧壮士死，然后天梯石栈相钩连。

朱　彤

* 天地英雄气，千秋尚凛然。
* 地若不爱酒，地应无酒泉。
* 在天愿作比翼鸟，在地愿为连理枝。
* ✕

请说出含有反义词的诗句。

陈更	朱彤
❀是非成败转头空，青山依旧在，几度夕阳红。	❀古今多少事，都付笑谈中。
❀夜来风雨声，花落知多少。	❀离离原上草，一岁一枯荣。
❀春花秋月何时了，往事知多少。	❀多少蓬莱旧事，空回首，烟霭纷纷。
❀多少绿荷相倚恨，一时回首背西风。	❀生当作人杰，死亦为鬼雄。
❀上有青冥之长天，下有渌水之波澜。	❀无可奈何花落去，似曾相识燕归来。
❀大弦嘈嘈如急雨，小弦切切如私语。	❀多少事，欲说还休。
❀多少恨，昨夜梦魂中。	❀上穷碧落下黄泉，两处茫茫皆不见。
❀嘈嘈切切错杂弹，大珠小珠落玉盘。	❀ ✕

擂主争霸赛

VS

扫一扫
看选手精彩答题

陈 更： 来自陕西，北京大学工科博士生。在"攻擂资格争夺赛"中获胜，进入"擂主争霸赛"。

孙晓婧： 来自中国科学院国家空间科学中心，专业是空间环境及其效应。在第八场"擂主争霸赛"中获得胜利，本场以擂主身份在"擂主争霸赛"中迎战攻擂者陈更。

1. 图片线索题，根据以下图画呈现的内容说出一联七言宋诗。

月

2. 图片线索题，根据以下图画呈现的内容说出一联五言南北朝的诗。

如

3. 图片线索题，根据以下图画呈现的内容说出四句宋词。

寒

4. 描述线索题，请根据以下线索说出一个节日。　　　（　　　　）

> (1) "二月江南花满枝" 是对这个节日的描绘。
>
> (2) "有时三点两点雨，到处十枝五枝花" 是这个节日的特点。
>
> (3) 名句 "侯门一入深如海" 写于这个节日。
>
> (4) "春城无处不飞花" 是描写这个节日的名句。

5. 描述线索题，请根据以下线索说出一位诗人。　　（　　　　）

(1) 曾写过与渔父有关的诗。

(2) 他是王室后裔。

(3) 李白用 "辞赋悬日月" 称赞他光辉的文学成就。

(4) 有一个传统节日与他有关。

6. 描述线索题，请根据以下线索说出一位诗人。　　（　　　　）

(1) 是唐代著名的山水田园诗人。

(2) 他自称 "自幼好佛"。

(3) 曾在重大政治事件中被贬官。

(4) 他写有名句 "千山鸟飞绝，万径人踪灭"。

7. 描述线索题，请根据以下线索说出一个诗题。　　（　　　　）

(1) 诗中写了一位女子的悲剧命运。

(2) 这位女子富有艺术才能。

(3) 唐宣宗说胡儿也能唱这首诗。

(4) 诗的第一句是 "浔阳江头夜送客"。

8. 描述线索题，请根据以下线索说出一种花名。　　（　　　　）

(1) 卢照邻说它飞到自己的衣服上。

(2) 柳永用它来形容杭州之美。

(3) 和神仙传说有关。

(4) 何须浅碧深红色，自是花中第一流。

9. 描述线索题，请根据以下线索说出一个词牌名。　　　　（　　　　）

(1) 词牌名中包含建筑物。(2) 词牌名与神仙故事有关。

(3) 词牌名有七个字。　　(4) 李清照有名句 "新来瘦，非干病酒，不是悲秋"。

擂主争霸赛答案

1. 疏影横斜水清浅，暗香浮动月黄昏。

2. 余霞散成绮，澄江静如练。

3. 碧云天，黄叶地。秋色连波，波上寒烟翠。

4. 寒食节

5. 屈原

6. 柳宗元

7. 《琵琶行》

8. 桂花

9. 《凤凰台上忆吹箫》

自 我 评 价

个人追逐赛	1		攻擂资格争夺赛	飞花令	擂主争霸赛	答对
	2					
	3			超级飞花令		道题
	4					

一语天然万古新·嘉宾点评

绝句二首

【唐】杜甫

迟日江山丽，春风花草香。

泥融飞燕子，沙暖睡鸳鸯。

江碧鸟逾白，山青花欲燃。

今春看又过，何日是归年。

绚烂之极而归于平淡

杜甫的这首绝句，我们今人读来觉得特别美，但是在古代，很多人曾经质疑这首诗。你看现在小朋友要学对对子就是"迟日"对"春风"，"江山丽"对"花草香"，"泥融"对"沙暖"，"飞燕子"对"睡鸳鸯"。所以有人就质疑杜甫，说他这是小朋友在对对子。苏东坡后来就解释：大凡为文，当使气象峥嵘，五色绚烂，渐老渐熟，乃造平淡。你看上去言语很平淡，但其实这已经是绚烂之极归于平淡了。（郦波）

扫一扫
看选手精彩答题

杜甫在成都的日子过得是真好，这是他人生的一段幸福时光，所以他能写出这么美的诗句。《诗经》里有"春日迟迟，采蘩祁祁"，春天越来越长了就叫迟日。"迟日江山丽，春风花草香"，这首诗的天地都变了，变成春天应该有的样子了。"泥融飞燕子，沙暖睡鸳鸯"，万物都变了，变成春天应该有的样子了。所以这首诗的前两句是讲天地，后两句是讲万物，天地和万物都活起来了，美起来了，这就是春天最美的样子。（蒙曼）

赤壁

【唐】杜牧

折戟沉沙铁未销，自将磨洗认前朝。

东风不与周郎便，铜雀春深锁二乔。

杜牧的英雄气

杜牧好兵，给《孙子兵法》做过注，而且注得还相当不错，所以他内心有英雄气。晚唐是一个动乱年代，他渴望把他的英雄气施展出来。在这首诗里，杜牧没有捡别的东西，特意去找了一支"折戟"，"自将磨洗认前朝"磨不掉、洗不掉的是什么？是那种英雄气，而且他后来这两句话才有着落，"东风不与周郎便，铜雀春深锁二乔"。赤壁之战，大家一般都说用英雄对美女写得非常好，但实际上当时如果不是那股"东风"来的话，周郎又能怎样呢？周郎的夫人都可能成为别人家的臣虏了。其实在这里杜牧隐约透露出来了"数风流人物，还看今朝"的意思。这也是小杜的豪爽之处。（蒙曼）

扫一扫
听专家现场讲解

庐山谣寄卢侍御虚舟

【唐】李白

我本楚狂人，凤歌笑孔丘。

手持绿玉杖，朝别黄鹤楼。

五岳寻仙不辞远，一生好入名山游。

庐山秀出南斗旁，屏风九叠云锦张，
影落明湖青黛光。

金阙前开二峰长，银河倒挂三石梁。

香炉瀑布遥相望，回崖沓嶂凌苍苍。

翠影红霞映朝日，鸟飞不到吴天长。

登高壮观天地间，大江茫茫去不还。

黄云万里动风色，白波九道流雪山。

好为庐山谣，兴因庐山发。

闲窥石镜清我心，谢公行处苍苔没。

早服还丹无世情，琴心三叠道初成。

遥见仙人彩云里，手把芙蓉朝玉京。

先期汗漫九垓上，愿接卢敖游太清。

溪山高隐图轴　绢本
【元】吴镇

少年壮气不可失，老年壮气犹可存

实际上李白游玩过的地方非常多，有人统计过，说他到过十八个省，爬过八十多座山，涉过六十多条川。李白既好入名山，也好入名川，他六十岁以后，贫病交加，而且唐朝也衰落了，也就是说无论是时还是命，都已经到了不济的时候了。但这时候他笔下的长江却是："登高壮观天地间，大江茫茫去不还。黄云万里动风色，白波九道流雪山。"我就觉得中国最好的长江和最好的黄河都是李白写出来的，这就是写长江最好的几句诗，写黄河的是"君不见黄河之水天上来，奔流到海不复回"。你想想，一个人少年有壮气，是不得了的，晚年仍然有壮气，这里头有游山玩水的功劳，也就是山川天地之精华，集于诗仙李白之一身。（蒙曼）

扫一扫
看选手精彩答题

山水图（立轴）（局部）　纸本
【明】李永昌

清平乐·六盘山

【现代】毛泽东

天高云淡，望断南飞雁。不到长城非好汉，屈指行程二万。

六盘山上高峰，红旗漫卷西风。今日长缨在手，何时缚住苍龙？

支撑人生的信念

1935年10月，红军过了草地之后，面临最后一道难关——六盘山。而毛泽东写这首诗的豪情，背后有价值内涵的支撑。北上抗日，这是民族家国危难之际，我们的红军，我们的党背负着民族的责任，所以他们一定要有一种信念和根底的支撑，一旦有了这个支撑，所有的困难，包括雪山、草地都可以跨越，最后一道六盘山的高峰，又怎么样呢？"今日长缨在手，何时缚住苍龙？"你看这气势，这气

扫一扫
听专家现场讲解

概，这就是一座高峰，一座信念的高峰。（郦波）

无题

【汉】佚名

吴王好剑客，百姓多疮瘢。
楚王好细腰，宫中多饿死。

上有所好，下必甚焉

一般人一看到"宫中多饿死"就会觉得说的是宫女，但其实这个典故是出自《墨子·兼爱》里的"楚灵王好士细腰"。士，士大夫的士，那肯定就是楚王的大臣。因为"楚王好细腰"，所以大臣们就开始节食，就是"上有所好，下必甚焉"。

（郦波）

乌衣巷

【唐】刘禹锡

朱雀桥边野草花，乌衣巷口夕阳斜。
旧时王谢堂前燕，飞入寻常百姓家。

历史盛衰之感

《乌衣巷》是怀古组诗《金陵五题》中的第二首，那时候刘禹锡虽然在江南浪迹萍踪，但是他没到过金陵。他的一个朋友给他写了五首咏金陵的诗，

花鸟立轴　纸本
【明】陆包山

然后他和诗，才成了《金陵五题》，每一首咏一个风物。《乌衣巷》这首诗已经流传度特别高了。这首诗的盛衰之感是怎么表达的？是用一只燕子来表达的，"燕子归来寻旧垒"，燕子有年复一年到同一个地方筑窝的习惯，年年燕去燕来，就让人感觉这个地方，还是这个地方，可是真的还是这个地方吗？从燕子的角度来说还是这个地方，但是人早就换了一茬又一茬，从玄衣的士兵到王谢的子弟，再到唐朝的平民百姓，这个历史盛衰之感就带出来了。（蒙曼）

枫桥夜泊

【唐】张继

月落乌啼霜满天，江枫渔火对愁眠。
姑苏城外寒山寺，夜半钟声到客船。

全民参与的中国诗词文化

张继写这首诗的时候，这个诗题不叫《枫桥夜泊》，诗题叫《夜泊松江》。唐初的时候，这地方有一座"封桥"，后来因为这首诗的传播，"江枫渔火"导致"封桥"改为"枫桥"。后来到了《唐诗别裁》《唐诗三百首》，这首诗就叫《枫桥夜泊》了。这就是中国诗词文化中一个很典型的现象：全民

参与，大家觉得更好之后，就把它再提升一点，哪怕和原貌稍有不同。（郦波）

菩萨蛮·黄鹤楼

【现代】毛泽东

茫茫九派流中国，沉沉一线穿南北。烟雨莽苍苍，龟蛇锁大江。

黄鹤知何去？剩有游人处。把酒酹滔滔，心潮逐浪高！

战士的黄鹤楼

写黄鹤楼的诗中有三首特别著名。除了这首，还有李白的"故人西辞黄鹤楼，烟花三月下扬州"，崔颢的"昔人已乘黄鹤去，此地空余黄鹤楼。黄鹤一去不复返，白云千载空悠悠"。李白和崔颢写的是什么？是文人的黄鹤楼。而毛泽东的"把酒酹滔滔，心潮逐浪高"写的是战士的黄鹤楼。

武汉是九省通衢之地，"茫茫九派流中国，沉沉一线穿南北"。如果整个中国是一个大十字，那武汉在哪儿，黄鹤楼在哪儿？就在十字的中心点上，站在这样的一个大的历史节点上，再站在这么一个大地理节点上，才有了这样一个大的篇章。（蒙曼）

山水花鸟图册之兰花蝴蝶花 纸本
【明】陈道复

感遇十二首·其一

【唐】张九龄

兰叶春葳蕤，桂华秋皎洁。

欣欣此生意，自尔为佳节。

谁知林栖者，闻风坐相悦。

草木有本心，何求美人折！

但求尊重

张九龄是一代名相，他为什么会写这样一首诗？这首诗的诗题叫《感遇》，所以他其实不光是

在写草木和美人的状态，还在写他和君王之间的状态，他的理想和价值之间的状态。唐玄宗很赏识他，但是唐玄宗后来又提防他。其实唐玄宗提拔李林甫，就是为了制衡他，最后又等于把他排挤出朝廷。包括他在被贬为荆州长史后写"情人怨遥夜，竟夕起相思"，他其实是怀念那种赏识、欣赏的眼光，想要有一种互相的尊重。（郦波）

江畔独步寻花七首·其六

【唐】杜甫

黄四娘家花满蹊，千朵万朵压枝低。

留连戏蝶时时舞，自在娇莺恰恰啼。

与文化作伴

有一些在历史上本来应该默默无闻的小人物，因为跟诗人做了邻居，马上就光彩夺目了。比如"黄四娘"可能就是一个普通的老百姓，可能本身就是姓黄的一个排行第四的小娘子，可是"黄四娘家花满蹊，千朵万朵压枝低"使得这一千年过去了，我们还觉得黄四娘这个形象就是那么春光满眼。还有纪叟给李白酿酒喝，李白马上就写"纪叟黄泉里，还应酿老春"，然后我们就深深地记住了在历史上有这样的一个人叫作纪叟。所以人亲近什么都不

如亲近文化，亲近文化才能有"黄四娘家花满蹊，千朵万朵压枝低"。（蒙曼）

杨柳枝词九首·其六

【唐】刘禹锡

炀帝行宫汴水滨，数株残柳不胜春。

晚来风起花如雪，飞入宫墙不见人。

以雪喻白

"晚来风起花如雪"描写的是用雪花比喻花之白。但是"梅须逊雪三分白，

雪却输梅一段香。""忽如一夜春风来，千树万树梨花开"中的梅花和梨花也都可以比喻成雪，所以还是比较难区分的。柳絮又叫柳棉、柳花，也可以以雪喻白。（蒙曼）

第十场

安得广厦千万间，大庇天下寒士俱欢颜[1]

杜甫在自己的茅屋被秋风吹破的时候，依然惦念着能为天下苍生挡风遮雨。所以诗词从来就不只局限在诗人一方小小的书斋里，它更包含着心忧家国，胸怀天下的一份情怀，它可以是"愿得此身长报国，何须生入玉门关"[2]的满腔赤诚，也可以是"苟利国家生死以，岂因祸福避趋之"[3]的坚定信念。千百年来，正是这样一份悲天悯人的家国情怀，震撼着、感动着一代又一代的读者。

——董卿（《中国诗词大会》主持人）

扫一扫
看专家现场致辞

---

1 《茅屋为秋风所破歌》【唐】杜甫

　　八月秋高风怒号，卷我屋上三重茅。茅飞渡江洒江郊，高者挂罥长林梢，下者飘转沉塘坳。

　　南村群童欺我老无力，忍能对面为盗贼，公然抱茅入竹去。唇焦口燥呼不得，归来倚杖自叹息。

　　俄顷风定云墨色，秋天漠漠向昏黑。布衾多年冷似铁，娇儿恶卧踏里裂。床头屋漏无干处，雨脚如麻未断绝。

自经丧乱少睡眠，长夜沾湿何由彻！

　　安得广厦千万间，大庇天下寒士俱欢颜！风雨不动安如山。呜呼！何时眼前突兀见此屋，吾庐独破受冻死亦足！

2 《塞上曲二首·其二》【唐】戴叔伦

　　汉家旗帜满阴山，不遣胡儿匹马还。愿得此身长报国，何须生入玉门关？

3 《赴戍登程口占示家人二首·其二》【清】林则徐

　　力微任重久神疲，再竭衰庸定不支。苟利国家生死以，岂因祸福避趋之。谪居正是君恩厚，养拙刚于戍卒宜。

戏与山妻谈故事，试吟断送老头皮。

"奇文共欣赏，疑义相与析。"[4]我们希望有更多志同道合的人在一起相互切磋，让更多的人喜爱诗词，传播诗心。

——王立群（河南大学文学院教授、博士生导师）

"客路青山下，行舟绿水前。潮平两岸阔，风正一帆悬。海日生残夜，江春入旧年。乡书何处达，归雁洛阳边。"[5]我想通过诗词大会，通过学习诗词，我们的人生会越来越美好，在此也衷心祝愿我们和我们的家人健康幸福，祝愿我们的祖国繁荣富强。

——康震（北京师范大学文学院教授、博士生导师）

"人事有代谢，往来成古今。江山留胜迹，我辈复登临。"[6]我们脚下的土地，我们口中的诗词，都是古人留给我们的。而在后人的眼里，我们也是他们的古人，希望我们能够跑好属于我们自己的接力棒，为我们的后人谱写我们这个时代的华章。

——蒙曼（中央民族大学历史文化学院教授、北京大学历史学博士）

"闻说轮台路，连年见雪飞。春风不曾到，汉使亦应稀。白草通疏勒，青山过武威。勤王敢道远，私向梦中归。"[7]希望我们每个人心里都有国、有家，也有诗，爱国、爱家，也爱诗。

——杨雨（中南大学文学与新闻传播学院教授、博士生导师）

云水沧溟一片心，江山万里此登临。平生家园萦怀抱，四海清晖照古今。

——郦波（南京师范大学文学院教授、博士生导师）

扫一扫
看专家现场致辞

---

4 《移居二首·其一》【晋】陶渊明
　昔欲居南村，非为卜其宅。闻多素心人，乐与数晨夕。怀此颇有年，今日从兹役。敝庐何必广，取足蔽床席。
　邻曲时时来，抗言谈在昔。奇文共欣赏，疑义相与析。
5 《次北固山下》【唐】王湾
　客路青山下，行舟绿水前。潮平两岸阔，风正一帆悬。海日生残夜，江春入旧年。乡书何处达，归雁洛阳边。
6 《与诸子登岘山》【唐】孟浩然
　人事有代谢，往来成古今。江山留胜迹，我辈复登临。水落鱼梁浅，天寒梦泽深。羊公碑字在，读罢泪沾襟。
7 《发临洮将赴北庭留别》【唐】岑参
　闻说轮台路，连年见雪飞。春风曾不到，汉使亦应稀。白草通疏勒，青山过武威。勤王敢道远，私向梦中归。

诗词之乐何处寻？

个人追逐赛

1号选手

扫一扫
看选手精彩答题

邓雅文

唯有牡丹真国色，花开时节动京城。

赏牡丹

【唐】刘禹锡

庭前芍药妖无格，池上芙蕖净少情。

唯有牡丹真国色，花开时节动京城。

邓雅文：来自河南省，是一名初二的学生。在"个人追逐赛"环节共答对6道题，得分77分。

1. 请从以下九个字中识别一句五言唐诗。

丈	夫	田
至	四	闲
无	海	致

2. 请从以下十二个字中，识别一句七言唐诗。

金	樽	尽	来
还	清	十	千
散	酒	钱	复

【分值：4】   【分值：19】

3. 请对上联。

童	孙	未	解	供	耕	织
也	傍	桑	阴	学	种	瓜
昼	籍	村	田	各	家	夜	耘
当	儿	出	庄	骤	绩	麻	女

【分值：23】

4. 下列哪一项诗句，描写了农业大丰收的景象？（　　）

A 尽道丰年瑞，丰年事若何？

B 野客预知农事好，三冬瑞雪未全消。

C 稻花香里说丰年，听取蛙声一片。

【分值：5】

5. 下列哪一项描写的不是在干农活？（　　）

A 笑歌声里轻雷动，一夜连枷响到明。

B 开轩面场圃，把酒话桑麻。

C 晨兴理荒秽，带月荷锄归。

【分值：11】

6. 辛弃疾词"千金纵买相如赋，脉脉此情谁诉"中，"相如赋"被谁买去了？（　　）

A 卫子夫

B 陈阿娇

C 赵飞燕

【分值：15】

7. 请从以下九个字中识别一句宋代词句。

轮	望	北
安	月	片
长	西	地

【分值：15】

8. 请从以下九个字中识别一句五言宋诗。

寒	梅	数
著	枝	花
角	朵	墙

【分值：15】

计算得分：

选手未答出的题目按 15 分计算。

2号选手

扫一扫
看选手精彩答题

陈　滢

红军不怕远征难，万水千山只等闲。

七律·长征

【现代】毛泽东

红军不怕远征难，万水千山只等闲。

五岭逶迤腾细浪，乌蒙磅礴走泥丸。

金沙水拍云崖暖，大渡桥横铁索寒。

更喜岷山千里雪，三军过后尽开颜。

陈　滢：来自安徽凤阳，是一名六年级的学生。这次参加《中国诗词大会》就好比一次长征，他的目标很高，想当一下小擂主。虽然他知道前面是"万水千山"，但他不会害怕。他会好好展现自己，让爸爸为他骄傲！在"个人追逐赛"环节共答对6道题，得分102分。

1. 请从以下九个字中识别一句五言唐诗。

潮	不	流
外	地	石
来	江	天

【分值：7】

2. 请从以下十二个字中识别一句七言宋代诗。

原	师	又	定
南	年	王	望
北	日	月	中

【分值：9】

3. 请对上联。

| 仍 | 怜 | 故 | 乡 | 水 |
| 万 | 里 | 送 | 行 | 舟 |

| 生 | 人 | 下 | 天 | 楼 | 镜 | 地 | 海 |
| 上 | 月 | 黄 | 飞 | 结 | 柳 | 云 | 后 |

【分值：6】

4. "沾衣欲湿杏花雨，吹面不寒杨柳风"中"杏花雨"的意思是？（　　）

A 杏花如雨般飘落

B 代指梅雨

C 杏花开放时下的雨

【分值：6】

5. 王安石诗句"春风又绿江南岸，明月何时照我还"中他要"还"的是哪里？
（　　）

A 汴京

B 金陵

C 瓜洲

【分值：44】

6. 下列哪两句诗里的"河"是指真的河流？（　　）

A 云母屏风烛影深，长河渐落晓星沉。

B 月殿影开闻夜漏，水晶帘卷近秋河。

C 金河秋半房弦开，云外惊飞四散哀。

【分值：30】

7. 请从以下十二个字中识别一句七言唐诗。

散	风	满	江
南	又	春	绿
洛	入	秋	城

【分值：15】

8. 请从以下十二个字中识别一句七言唐诗。

飞	雪	胡	花
八	月	席	如
天	大	山	燕

【分值：15】

计算得分：

选手未答出的题目按15分计算。

3 号选手

陈　更

年年越溪女，相忆采芙蓉。

春宫怨

【唐】杜荀鹤

早被婵娟误，欲妆临镜慵。

承恩不在貌，教妾若为容。

风暖鸟声碎，日高花影重。

年年越溪女，相忆采芙蓉。

陈　更：来自陕西省咸阳市，北京大学博士生。已经和《中国诗词大会》一起走过了四年。在《中国诗词大会》第四季，她希望自己也能和诗词一样，回归本真，充满温暖。在"个人追逐赛"环节共答对6道题，得分184分。

1. 请从以下九个字中识别一句五言唐诗。

人	卷	析
窗	求	珠
何	美	帘

2. 请从以下十二个字中识别一句七言唐诗。

愁	晓	云	色
镜	但	摇	花
羹	颜	金	步

【分值：15】　　　　　　　　　　　　　　【分值：38】

3. 请对上联。

身	无	彩	凤	双	飞	翼
心	有	灵	犀	一	点	通
凤	东	夜	桂	楼	岸	辰	昨
畔	昨	尘	画	星	夜	堂	西

【分值：25】

4. 请对上联。

相	看	两	不	厌
只	有	敬	亭	山
高	笠	闲	江	孤	鸟	蓑	尽
独	众	云	舟	飞	翁	雪	去

【分值：15】

5. 请问下列哪项诗句与《洛神赋》无关？ （　　）

A 惊鸿瞥过游龙去，漫恼陈王一事无。

B 神女生涯元是梦，小姑居处本无郎。

C 贾氏窥帘韩掾少，宓妃留枕魏王才。

【分值：14】

6.毛泽东词《贺新郎·别友》中"过眼滔滔云共雾，算人间知己吾和汝"，这里的"汝"指的是谁？ （　　）

A 妻子杨开慧　　　　B 同学周世钊　　　　C 战友周恩来

【分值：51】

7. 请问以下哪联诗最适合描绘《紫竹调》的乐声？ （　　）

A 泠泠七弦上，静听松风寒。

B 嘈嘈切切错杂弹，大珠小珠落玉盘。

C 二十五弦弹夜月，不胜清怨却飞来。

【分值：41】

8. 请从以下十二个字中识别一句七言唐诗。

隔	人	花	歌
端	舞	美	下
云	似	帐	犹

【分值：15】

计算得分：

选手未答出的题目按 15 分计算。

4号选手

靳舒馨

昨天文小姐，今日武将军。

临江仙·给丁玲同志

【现代】毛泽东

壁上红旗飘落照，西风漫卷孤城。保安人物一时新。

洞中开宴会，招待出牢人。

纤笔一枝谁与似？三千毛瑟精兵。阵图开向陇山东。

昨天文小姐，今日武将军。

靳舒馨：来自山东省，目前在清华大学卫星导航实验室，是一名北斗卫星导航系统的工程师。在"个人追逐赛"环节共答对4道题，得分136分。

1. 请从以下九个字中识别一句五言唐诗。

斑	鸣	萧
寒	马	车
萧	水	风

【分值：82】

2. 请从以下十二个字中识别一句七言唐诗。

可	将	怜	万
枯	成	骨	定
功	无	一	白

【分值：5】

3. 请对上联。

黄	沙	百	战	穿	金	甲
不	破	楼	兰	终	不	还

城	海	诚	遥	雪	门	青	孤
云	关	山	望	长	摇	暗	玉

【分值：14】

4. 请对上两句。

溯	游	从	之
宛	在	水	中	央

右	隔	且	伊	阻	洄	溯	道
跻	从	之	回	谓	所	长	人

【分值：35】

5. 下列诗句，哪一项是正确的?（　　）

A 三分割据纡筹策，万古云霄一羽毛。

B 三分天下纡筹策，万古云霄一羽毛。

C 三分割据惟筹策，万古云霄一羽毛。

【分值：15】

6. 下列诗词中，写到了成语"怒发冲冠"最早出处的是?（　　）

A 怒发冲冠忘指瑕，要能全璧始还家。

B 此地别燕丹，壮士发冲冠。

C 怒发冲冠，凭栏处、潇潇雨歇。

【分值：15】

7. 诗句"何当寄家书，黄耳定乃祖"描写的动物是?（　　）

A 狗

B 鱼

C 雁

【分值：15】

8. 毛泽东词句"山，刺破青天锷未残"是将山比喻为?（　　）

A 长矛

B 宝剑

C 大刀

【分值：15】

计算得分：

选手未答出的题目按 15 分计算。

你说我猜

在 180 秒内给出下列题目的答案。

1. "千山鸟飞绝，万径人踪灭"的后两句诗是什么？

2. 《鹿柴》的前两句诗是什么？

3. "丰年留客足鸡豚"的后两句诗是什么？

4. "寻寻觅觅，冷冷清清"出自哪个词牌名？

5. 《长恨歌》里描写杨贵妃沐浴的那两句诗是什么？

6. "无可奈何花落去，似曾相识燕归来"出自哪个词牌名？

7. "人间四月芳菲尽"出自哪首诗？

8. 林升《题临安邸》的前两句诗是什么？

9. "落花人独立，微雨燕双飞"的作者是谁？

1. _____ 2. _____

3. _____ 4. _____

5. _____ 6. _____

7. _____ 8. _____

9. _____

个人追逐赛答案、解析与拓展

1号选手题

1. 答案：四海无闲田

本题考查的诗词为：

悯农二首

【唐】李绅

春种一粒粟，秋收万颗子。

四海无闲田，农夫犹饿死。

锄禾日当午，汗滴禾下土。

谁知盘中餐，粒粒皆辛苦。

干扰项：丈夫志四海（【魏】曹植《赠白马王彪》）。

2. 答案：千金散尽还复来

本题考查的诗词为：

将进酒

【唐】李白

君不见黄河之水天上来，奔流到海不复回。君不见高堂明镜悲白发，朝如青丝暮成雪。人生得意须尽欢，莫使金樽空对月。天生我材必有用，千金散尽还复来。烹羊宰牛且为乐，会须一饮三百杯。

岑夫子，丹丘生，将进酒，杯莫停。与君歌一曲，请君为我倾耳听。钟鼓馔玉不足贵，但愿长醉不愿醒。古来圣贤皆寂寞，惟有饮者留其名。陈王昔时宴平乐，斗酒十千恣欢谑。主人何为言少钱，径须沽取对君酌。五花马、千金裘，呼儿将出换美酒，与尔同销万古愁。

干扰项：金樽清酒斗十千（【唐】李白《行路难》）。

3. 答案：昼出耘田夜绩麻，村庄儿女各当家

本题考查的诗词为：

夏日田园杂兴十二首·其七

【宋】范成大

昼出耘田夜绩麻，村庄儿女各当家。

童孙未解供耕织，也傍桑阴学种瓜。

4. 答案：C

本题考查的诗词为：

雪

【唐】罗隐

尽道丰年瑞，丰年事若何？

长安有贫者，为瑞不宜多。

除夜

【宋】戴复古

扫除茅舍涤尘嚣，一炷清香拜九霄。

万物迎春送残腊，一年结局在今宵。

生盆火烈轰鸣竹，守岁筵开听颂椒。

野客预知农事好，三冬瑞雪未全消。

西江月·夜行黄沙道中

【宋】辛弃疾

明月别枝惊鹊，清风半夜鸣蝉。稻花香里说丰年，听取蛙声一片。

七八个星天外，两三点雨山前。旧时茅店社林边，路转溪桥忽见。

解析：A句出自罗隐《雪》，只是从瑞雪中看出丰收的预兆；B句中也有"预知"，从尚未全部融化的瑞雪中看出丰年的预兆；C句写已经闻到稻花香，因此C句是写农业大丰收，另外两句诗仅仅是写丰收的预兆。

5. 答案：B

本题考查的诗词为：

秋日田园杂兴十二首·其八

【宋】范成大

新筑场泥镜面平，家家打稻趁霜晴。
笑歌声里轻雷动，一夜连枷响到明。

过故人庄

【唐】孟浩然

故人具鸡黍，邀我至田家。
绿树村边合，青山郭外斜。
开轩面场圃，把酒话桑麻。
待到重阳日，还来就菊花。

归园田居五首·其三

【晋】陶渊明

种豆南山下，草盛豆苗稀。
晨兴理荒秽，带月荷锄归。
道狭草木长，夕露沾我衣。
衣沾不足惜，但使愿无违。

解析：A句、C句都是描写干农活的画面，而B句描写的是推开窗户面对谷场菜园，手举酒杯闲谈庄稼的情形。所以答案是B。

6. 答案：B

本题考查的诗词为：

摸鱼儿

【宋】辛弃疾

更能消、几番风雨？匆匆春又归去。惜春长怕花开早，何况落红无数。春且住。见说道、天涯芳草无归路。怨春不语。算只有殷勤，画檐蛛网，尽日惹飞絮。

长门事，准拟佳期又误。蛾眉曾有人妒。千金纵买相如赋，脉脉此情谁诉？君莫舞，君不见、玉环飞燕皆尘土！闲愁最苦。休去倚危栏，斜阳正在、烟柳断肠处。

解析：这里用了"千金买赋"的典故。西汉时期，汉武帝立陈阿娇为皇后，陈皇后十年没有生育儿子，被打入长门宫。她看了辞赋家司马相如的《子虚赋》，就送去一千金请他为自己写一篇《长门赋》。

7. 答案：西北望长安

本题考查的诗词为：

菩萨蛮·书江西造口壁

【宋】辛弃疾

郁孤台下清江水，中间多少行人泪。西北望长安，可怜无数山。

青山遮不住，毕竟东流去。江晚正愁余，山深闻鹧鸪。

干扰项：长安一片月（【唐】李白《子夜吴歌·秋歌》）。

8. 答案：墙角数枝梅

本题考查的诗词为：

梅花

【宋】王安石

墙角数枝梅，凌寒独自开。
遥知不是雪，为有暗香来。

干扰项：寒梅著花未（【唐】王维《杂诗》）。

2 号选手题

1. 答案：江流天地外

本题考查的诗词为：

汉江临眺

【唐】王维

楚塞三湘接，荆门九派通。
江流天地外，山色有无中。
郡邑浮前浦，波澜动远空。
襄阳好风日，留醉与山翁。

干扰项：江流石不转（【唐】杜甫《八阵图》）、潮来天地青（【唐】王维《送邢桂州》）。

2. 答案：王师北定中原日

本题考查的诗词为：

示儿

【宋】陆游

死去元知万事空，但悲不见九州同。
王师北定中原日，家祭无忘告乃翁。

干扰项：南望王师又一年（【宋】陆游《秋夜将晓出篱门迎凉有感》）。

3. 答案：月下飞天镜，云生结海楼

本题考查的诗词为：

渡荆门送别

【唐】李白

渡远荆门外，来从楚国游。
山随平野尽，江入大荒流。
月下飞天镜，云生结海楼。
仍怜故乡水，万里送行舟。

4. 答案：C

本题考查的诗词为：

绝句

【宋】志南

古木阴中系短蓬，杖藜扶我过桥东。
沾衣欲湿杏花雨，吹面不寒杨柳风。

5. 答案：B

本题考查的诗词为：

泊船瓜洲

【宋】王安石

京口瓜洲一水间，钟山只隔数重山。
春风又绿江南岸，明月何时照我还?

解析：瓜洲在长江北岸的扬州，京口在长江南岸的镇江，钟山在长江上游不远处的

金陵。王安石在金陵有庄园，晚年长居于此，故此题选B。

6. 答案：C

本题考查的诗词为：

嫦娥

【唐】李商隐

云母屏风烛影深，长河渐落晓星沉。
嫦娥应悔偷灵药，碧海青天夜夜心。

宫词五首·其二

【唐】顾况

玉楼天半起笙歌，风送宫嫔笑语和。
月殿影开闻夜漏，水晶帘卷近秋河。

早雁

【唐】杜牧

金河秋半虏弦开，云外惊飞四散哀。
仙掌月明孤影过，长门灯暗数声来。
须知胡骑纷纷在，岂逐春风一一回。
莫厌潇湘少人处，水多菰米岸莓苔。

解析：A句和B句写的都是银河。C句中的"金河"是真的河流，在今内蒙古呼和浩特市南部。

7. 答案：散入春风满洛城

本题考查的诗词为：

春夜洛城闻笛

【唐】李白

谁家玉笛暗飞声，散入春风满洛城。
此夜曲中闻折柳，何人不起故园情！

干扰项：春风又绿江南岸（【宋】王安石《泊船瓜洲》）。

8. 答案：燕山雪花大如席

本题考查的诗词为：

北风行

【唐】李白

烛龙栖寒门，光曜犹旦开。
日月照之何不及此，唯有北风号怒天上来。
燕山雪花大如席，片片吹落轩辕台。
幽州思妇十二月，停歌罢笑双蛾摧。
倚门望行人，念君长城苦寒良可哀。
别时提剑救边去，遗此虎纹金鞞靫。
中有一双白羽箭，蜘蛛结网生尘埃。
箭空在，人今战死不复回。
不忍见此物，焚之已成灰。
黄河捧土尚可塞，北风雨雪恨难裁。

干扰项：胡天八月即飞雪（【唐】岑参《白雪歌送武判官归京》）。

3号选手题

1. 答案：美人卷珠帘

本题考查的诗词为：

怨情

【唐】李白

美人卷珠帘，深坐颦蛾眉。

但见泪痕湿，不知心恨谁。

干扰项：何求美人折（【唐】张九龄《感遇》）。

2. 答案：云鬓花颜金步摇

本题考查的诗词为：

长恨歌

【唐】白居易

汉皇重色思倾国，御宇多年求不得。

杨家有女初长成，养在深闺人未识。

天生丽质难自弃，一朝选在君王侧。

回眸一笑百媚生，六宫粉黛无颜色。

春寒赐浴华清池，温泉水滑洗凝脂。

侍儿扶起娇无力，始是新承恩泽时。

云鬓花颜金步摇，芙蓉帐暖度春宵。

春宵苦短日高起，从此君王不早朝。

承欢侍宴无闲暇，春从春游夜专夜。

后宫佳丽三千人，三千宠爱在一身。

金屋妆成娇侍夜，玉楼宴罢醉和春。

姊妹弟兄皆列土，可怜光彩生门户。

遂令天下父母心，不重生男重生女。

骊宫高处入青云，仙乐风飘处处闻。

缓歌慢舞凝丝竹，尽日君王看不足。

渔阳鼙鼓动地来，惊破霓裳羽衣曲。

九重城阙烟尘生，千乘万骑西南行。

翠华摇摇行复止，西出都门百余里。

六军不发无奈何，宛转蛾眉马前死。

花钿委地无人收，翠翘金雀玉搔头。

君王掩面救不得，回看血泪相和流。

黄埃散漫风萧索，云栈萦纡登剑阁。

峨嵋山下少人行，旌旗无光日色薄。

蜀江水碧蜀山青，圣主朝朝暮暮情。

行宫见月伤心色，夜雨闻铃肠断声。

天旋地转回龙驭，到此踌躇不能去。

马嵬坡下泥土中，不见玉颜空死处。

君臣相顾尽沾衣，东望都门信马归。

归来池苑皆依旧，太液芙蓉未央柳。

芙蓉如面柳如眉，对此如何不泪垂？

春风桃李花开日，秋雨梧桐叶落时。

西宫南苑多秋草，落叶满阶红不扫。

梨园弟子白发新，椒房阿监青娥老。

夕殿萤飞思悄然，孤灯挑尽未成眠。

迟迟钟鼓初长夜，耿耿星河欲曙天。

鸳鸯瓦冷霜华重，翡翠衾寒谁与共？

悠悠生死别经年，魂魄不曾来入梦。

临邛道士鸿都客，能以精诚致魂魄。

为感君王辗转思，遂教方士殷勤觅。

排空驭气奔如电，升天入地求之遍。

上穷碧落下黄泉，两处茫茫皆不见。

忽闻海上有仙山，山在虚无缥缈间。

楼阁玲珑五云起，其中绰约多仙子。

中有一人字太真，雪肤花貌参差是。

金阙西厢叩玉扃，转教小玉报双成。

闻道汉家天子使，九华帐里梦魂惊。

揽衣推枕起徘徊，珠箔银屏迤逦开。

云鬓半偏新睡觉，花冠不整下堂来。

风吹仙袂飘飖举，犹似霓裳羽衣舞。

玉容寂寞泪阑干，梨花一枝春带雨。

含情凝睇谢君王，一别音容两渺茫。
昭阳殿里恩爱绝，蓬莱宫中日月长。
回头下望人寰处，不见长安见尘雾。
唯将旧物表深情，钿合金钗寄将去。
钗留一股合一扇，钗擘黄金合分钿。
但教心似金钿坚，天上人间会相见。
临别殷勤重寄词，词中有誓两心知。
七月七日长生殿，夜半无人私语时。
在天愿作比翼鸟，在地愿为连理枝。
天长地久有时尽，此恨绵绵无绝期。

干扰项：晓镜但愁云鬓改（【唐】李商隐《无题》）。

3. 答案：昨夜星辰昨夜风，画楼西畔桂堂东
本题考查的诗词为：

无题

【唐】李商隐

昨夜星辰昨夜风，画楼西畔桂堂东。
身无彩凤双飞翼，心有灵犀一点通。
隔座送钩春酒暖，分曹射覆蜡灯红。
嗟余听鼓应官去，走马兰台类转蓬。

4. 答案：众鸟高飞尽，孤云独去闲
本题考查的诗词为：

独坐敬山亭

【唐】李白

众鸟高飞尽，孤云独去闲。
相看两不厌，只有敬亭山。

干扰项：孤舟蓑笠翁，独钓寒江雪
（【唐】柳宗元《江雪》）。

5. 答案：B
本题考查的诗词为：

洛神

【唐】唐彦谦

人世仙家本自殊，何须相见向中途。
惊鸿瞥过游龙去，漫恼陈王一事无。

无题

【唐】李商隐

重帏深下莫愁堂，卧后清宵细细长。
神女生涯元是梦，小姑居处本无郎。
风波不信菱枝弱，月露谁教桂叶香。
直道相思了无益，未妨惆怅是清狂。

无题

【唐】李商隐

飒飒东风细雨来，芙蓉塘外有轻雷。
金蟾啮锁烧香入，玉虎牵丝汲井回。
贾氏窥帘韩掾少，宓妃留枕魏王才。
春心莫共花争发，一寸相思一寸灰。

解析：A 句就是讲曹植写《洛神赋》之事，认为他没有当上皇帝与此有关。B 句中提到的"神女"是巫山神女，与洛神无关。C 句中提到的"宓妃"就是洛神。因此 B 句与此赋无关，为正确答案。

拓展：《洛神赋图》是东晋顾恺之的画作，原《洛神赋图》为设色绢本，是由多个故事情节组成的类似连环画而又融会贯通的长卷，现已找不到原件。现传世的主要是宋代的四件摹本，分别收藏在北京故宫博物院（两件）、辽宁省博物馆和美国弗利尔美术馆。

6. 答案：A

本题考查的诗词为：

贺新郎·别友

【现代】毛泽东

挥手从兹去。更那堪凄然相向，苦情重诉。眼角眉梢都似恨，热泪欲零还住。知误会前番书语。过眼滔滔云共雾，算人间知己吾和汝。人有病，天知否？

今朝霜重东门路，照横塘半天残月，凄清如许。汽笛一声肠已断，从此天涯孤旅。凭割断愁思恨缕。要似昆仑崩绝壁，又恰像台风扫寰宇。重比翼，和云翥。

解析：这首词应该是1923年12月底毛泽东与妻子杨开慧分别时所作，词中"别友"赠别的正是夫人杨开慧，毛泽东和杨开慧本来就是一对志同道合的革命战友。当时革命形势非常严峻，作者"割断愁丝恨缕"而为革命事业全身心贡献的豪情，以及作者所预想的未来革命风暴的猛烈壮阔，在词中"昆仑崩绝壁""台风扫寰宇"的比喻中得到强烈的表现。《贺新郎·别友》是毛泽东诗词中情感流露最真切的一首，它不仅是一首长恨绵绵的寄思词，更是儿女情长与革命豪情相融合的佳作。

7. 答案：B

本题考查的诗词为：

弹琴

【唐】刘长卿

泠泠七弦上，静听松风寒。
古调虽自爱，今人多不弹。

琵琶行

【唐】白居易

浔阳江头夜送客，枫叶荻花秋瑟瑟。
主人下马客在船，举酒欲饮无管弦。
醉不成欢惨将别，别时茫茫江浸月。
忽闻水上琵琶声，主人忘归客不发。
寻声暗问弹者谁？琵琶声停欲语迟。
移船相近邀相见，添酒回灯重开宴。
千呼万唤始出来，犹抱琵琶半遮面。
转轴拨弦三两声，未成曲调先有情。
弦弦掩抑声声思，似诉平生不得志。
低眉信手续续弹，说尽心中无限事。
轻拢慢捻抹复挑，初为霓裳后六幺。
大弦嘈嘈如急雨，小弦切切如私语。
嘈嘈切切错杂弹，大珠小珠落玉盘。
间关莺语花底滑，幽咽泉流冰下难。
冰泉冷涩弦凝绝，凝绝不通声暂歇。
别有幽愁暗恨生，此时无声胜有声。
银瓶乍破水浆迸，铁骑突出刀枪鸣。
曲终收拨当心画，四弦一声如裂帛。
东船西舫悄无言，唯见江心秋月白。
沉吟放拨插弦中，整顿衣裳起敛容。
自言本是京城女，家在虾蟆陵下住。
十三学得琵琶成，名属教坊第一部。
曲罢曾教善才服，妆成每被秋娘妒。
五陵年少争缠头，一曲红绡不知数。
钿头银篦击节碎，血色罗裙翻酒污。
今年欢笑复明年，秋月春风等闲度。
弟走从军阿姨死，暮去朝来颜色故。
门前冷落鞍马稀，老大嫁作商人妇。
商人重利轻别离，前月浮梁买茶去。
去来江口守空船，绕船月明江水寒。
夜深忽梦少年事，梦啼妆泪红阑干。
我闻琵琶已叹息，又闻此语重唧唧。

同是天涯沦落人，相逢何必曾相识！
我从去年辞帝京，谪居卧病浔阳城。
浔阳地僻无音乐，终岁不闻丝竹声。
住近湓江地低湿，黄芦苦竹绕宅生。
其间旦暮闻何物？杜鹃啼血猿哀鸣。
春江花朝秋月夜，往往取酒还独倾。
岂无山歌与村笛，呕哑嘲哳难为听。
今夜闻君琵琶语，如听仙乐耳暂明。
莫辞更坐弹一曲，为君翻作琵琶行。
感我此言良久立，却坐促弦弦转急。
凄凄不似向前声，满座重闻皆掩泣。
座中泣下谁最多？江州司马青衫湿。

归雁

【唐】钱起

潇湘何事等闲回，水碧沙明两岸苔。
二十五弦弹夜月，不胜清怨却飞来。

解析：A句中提到的"七弦"代指琴；B句是写琵琶发出的乐声；C句中提到的"二十五弦"代指瑟。

8. 答案：美人帐下犹歌舞

本题考查的诗词为：

燕歌行

【唐】高适

汉家烟尘在东北，汉将辞家破残贼。
男儿本自重横行，天子非常赐颜色。
摐金伐鼓下榆关，旌旗逶迤碣石间。
校尉羽书飞瀚海，单于猎火照狼山。
山川萧条极边土，胡骑凭陵杂风雨。
战士军前半死生，美人帐下犹歌舞。
大漠穷秋塞草衰，孤城落日斗兵稀。
身当恩遇恒轻敌，力尽关山未解围。
铁衣远戍辛勤久，玉箸应啼别离后。
少妇城南欲断肠，征人蓟北空回首。
边庭飘飖那可度，绝域苍茫更何有？
杀气三时作阵云，寒声一夜传刁斗。
相看白刃血纷纷，死节从来岂顾勋！
君不见沙场征战苦，至今犹忆李将军。

干扰项：美人如花隔云端（【唐】李白《长相思》）。

4号选手题

1. 答案：马鸣风萧萧

本题考查的诗词为：

后出塞五首·其二

【唐】杜甫

朝进东门营，暮上河阳桥。
落日照大旗，马鸣风萧萧。
平沙列万幕，部伍各见招。
中天悬明月，令严夜寂寥。
悲笳数声动，壮士惨不骄。
借问大将谁，恐是霍嫖姚。

干扰项：萧萧班马鸣（【唐】李白《送友人》）。

2. 答案：一将功成万骨枯

本题考查的诗词为：

己亥岁二首·其一

【唐】曹松

泽国江山入战图，生民何计乐樵苏。

凭君莫话封侯事，一将功成万骨枯。

干扰项：可怜无定河边骨（【唐】陈陶《陇西行四首》）。

3. 答案：青海长云暗雪山，孤城遥望玉门关

本题考查的诗词为：

从军行七首·其四

【唐】王昌龄

青海长云暗雪山，孤城遥望玉门关。

黄沙百战穿金甲，不破楼兰终不还。

干扰项："诚""摇"。

4. 答案：溯洄从之，道阻且长

本题考查的诗词为：

诗经·秦风·蒹葭

【先秦】佚名

蒹葭苍苍，白露为霜。

所谓伊人，在水一方。

溯洄从之，道阻且长。

溯游从之，宛在水中央。

蒹葭萋萋，白露未晞。

所谓伊人，在水之湄。

溯洄从之，道阻且跻。

溯游从之，宛在水中坻。

蒹葭采采，白露未已。

所谓伊人，在水之涘。

溯洄从之，道阻且右。

溯游从之，宛在水中沚。

5. 答案：A

本题考查的诗词为：

咏怀古迹五首·其五

【唐】杜甫

诸葛大名垂宇宙，宗臣遗像肃清高。

三分割据纡筹策，万古云霄一羽毛。

伯仲之间见伊吕，指挥若定失萧曹。

福移汉祚难恢复，志决身歼军务劳。

6. 答案：A

本题考查的诗词为：

次韵王秀才

【宋】王庭圭

怒发冲冠忘指瑕，要能全璧始还家。

闭门且任蓬蒿长，落笔当令绮绣华。

丽句美如青玉案，明珠深贮绛囊纱。

爱君年少已如许，他日相逢未可涯。

解析："怒发冲冠"出自《史记·廉颇蔺相如列传》："相如因持璧却立倚柱，怒发上冲冠。"A句"怒发冲冠忘指瑕，要能全璧始还家"说的就是这个典故，写到了"怒发冲冠"最早的出处。

7. 答案：A

本题考查的诗词为：

予来儋耳得吠狗曰乌觜甚猛而驯随予迁合浦过澄迈泅而济路人皆惊戏为作此诗

【宋】苏轼

乌喙本海獒，幸我为之主。

食余已瓠肥，终不忧鼎俎。

昼驯识宾客，夜悍为门户。

知我当北还，掉尾喜欲舞。

跳踉趁童仆，吐舌喘汗雨。
长桥不肯蹋，径渡清深浦。
拍浮似鹅鸭，登岸剧虓虎。
盗肉亦小疵，鞭棰当贳汝。
再拜谢厚恩，天不遣言语。
何当寄家书，黄耳定乃祖。

解析：陆机少时有一猎犬名曰"黄耳"，黠慧能解人语，又尝借人三百里外，犬识路自还，一日至家。这里的"黄耳"就是指陆机的犬。

8. 答案：B

本题考查的诗词为：

十六字令三首

【现代】毛泽东

山，快马加鞭未下鞍。惊回首，离天三尺三。

山，倒海翻江卷巨澜。奔腾急，万马战犹酣。

山，刺破青天锷未残。天欲堕，赖以拄其间。

解析：锷，指剑锋，有时也指刀刃。毛泽东这里是用了借喻手法，把山比喻为宝剑，锷就是宝剑的剑锋。

你说我猜参考答案：

1. 孤舟蓑笠翁，独钓寒江雪。

2. 空山不见人，但闻人语响。

3. 山重水复疑无路，柳暗花明又一村。

4. 《声声慢》

5. 春寒赐浴华清池，温泉水滑洗凝脂。

6. 《浣溪沙》

7. 《大林寺桃花》

8. 山外青山楼外楼，西湖歌舞几时休？

9. 晏几道

攻擂资格争夺赛

VS

扫一扫
看选手精彩答题

陈　　更：来自陕西，是北京大学的一名博士生。在最后一场的"个人追逐赛"环节，以184分的总分获得"个人追逐赛"冠军，进入"攻擂资格争夺赛"。

靳舒馨：来自山东枣庄，是一名北斗卫星导航系统的设计师。在最后一场的"个人追逐赛"环节，以136分的总分获得"个人追逐赛"亚军，进入"攻擂资格争夺赛"。

VS

陈　　滢：来自安徽凤阳，是一名六年级的学生。在"个人追逐赛"环节，以102分的总分获得"个人追逐赛"季军，进入"攻擂资格争夺赛"。

胡艳琴：来自河南，是平顶山市公安局治安和出入境管理支队的一名民警。在"个人追逐赛"环节，胡艳琴在百人团中准确率最高，耗时最短，进入"攻擂资格争夺赛"。

飞花令 情

陈 更

❀ 浮云游子意，落日故人情。

❀ 笑渐不闻声渐悄，多情却被无情恼。

❀ 近乡情更怯，不敢问来人。

❀ 晴空一鹤排云上，便引诗情到碧霄。

❀ 此情无计可消除，才下眉头，却上心头。

靳舒馨

❀ 蜀江水碧蜀山青，圣主朝朝暮暮情。

❀ 此夜曲中闻折柳，何人不起故园情。

❀ 情人怨遥夜，竟夕起相思。

❀ 两情若是久长时，又岂在朝朝暮暮。

❀ ×

陈 滢

❀ 一往情深深几许，深山夕照深秋雨。

❀ 色不迷人人自迷，情人眼里出西施。

❀ 柔情似水，佳期如梦。

❀ 伤情处，高楼望断，灯火已黄昏。

❀ ×

胡艳琴

❀ 坐观垂钓者，徒有羡鱼情。

❀ 永结无情游，相期邈云汉。

❀ 众芳摇落独暄妍，占尽风情向小园。

❀ 此情可待成追忆，只是当时已惘然。

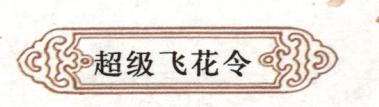 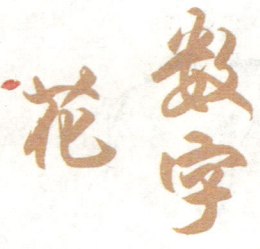

超级飞花令

花数字

请说出含有"花"字和数字的诗句。

陈滢

❀ 一朝春尽红颜老，花落人亡两不知。

❀ 解落三秋叶，能开二月花。

❀ 黄四娘家花满蹊，千朵万朵压枝低。

❀ 五月天山雪，无花只有寒。

❀ ×

胡艳琴

❀ 人间四月芳菲尽，山寺桃花始盛开。

❀ 五花马、千金裘，呼儿将出换美酒，
　　与尔同销万古愁。

❀ 桃花一簇开无主，可爱深红爱浅红。

❀ 待到秋来九月八，我花开后百花杀。

陈更

❀ 亭台六七座，八九十枝花。

❀ 已是悬崖百丈冰，犹有花枝俏。

❀ 黄鹤楼中吹玉笛，江城五月落梅花。

❀ 采得百花成蜜后，为谁辛苦为谁甜。

成语飞花令

请说出含有成语的诗句。

胡艳琴

❀ 郎骑竹马来，绕床弄青梅。（青梅竹马）

❀ 曲径通幽处，禅房花木深。（曲径通幽）

❀ 娉娉袅袅十三馀，豆蔻梢头二月初。（娉娉袅袅）

❀ 春风得意马蹄疾，一日看尽长安花。（春风得意、走马观花）

❀ 无可奈何花落去，似曾相识燕归来。（无可奈何）

❀ 江东子弟多才俊，卷土重来未可知。（卷土重来）

❀ 明眸皓齿今何在，血污游魂归不得。（明眸皓齿）

❀ ✕

陈 更

❀ 同居长干里，两小无嫌猜。（两小无猜）

❀ 万籁此俱寂，但余钟磬音。（万籁俱寂）

❀ 渭北春天树，江东日暮云。（春树暮云）

❀ 等闲识得东风面，万紫千红总是春。（万紫千红）

❀ 谁言寸草心，报得三春晖。（寸草春晖）

❀ 虎踞龙盘今胜昔，天翻地覆慨而慷。（虎踞龙盘、天翻地覆）

❀ 折戟沉沙铁未销，自将磨洗认前朝。（折戟沉沙）

擂主争霸赛

VS

陈　更：作为攻擂者进入"擂主争霸赛"，凭借出色的发挥，成为《中国诗词大会》第四季的总冠军。

孙晓婧：来自中国科学院国家空间科学中心，专业是空间环境及其效应。作为连续三场的擂主，本场以守擂擂主的身份迎战陈更。

1. 图片线索题，请根据康老师的绘画说出三句宋词。

2. 图片线索题，请根据康老师的绘画说出三句宋词。

年

雨

3. 图片线索题，请根据康老师的绘画说出四句词句。

云

4. 描述线索题，请根据以下线索说出一处历史名胜。　　（　　　　　）

(1) 曹操曾经在这附近看海。

(2) 高适描写过一支军队在鼓声中向它进发。

(3) 纳兰性德在这里见过"夜深千帐灯"。

(4) 吴三桂"冲冠一怒"打开了它的大门。

5. 描述线索题，请根据以下线索说出一个词牌名。　　（　　　　　）

(1) 张衡想用它送给心爱的人。

(2) 古人通常认为它是一种餐具。

(3) 辛弃疾曾用它来吟咏元宵节。

(4) 贺铸曾用它写一位苏州女子。

6. 描述线索题，请根据以下线索说出一种植物。　　（　　　　　）

(1) 刘禹锡说它"晚来风起花如雪"。

(2) 韩愈嘲笑它无才。

(3) 白居易在《长恨歌》中用它来比喻杨贵妃的眉毛。

(4) 贺知章形容它"碧玉妆成一树高"。

7. 描述线索题，请根据以下线索说出一个季节。　　（　　　　　）

(1) 李白说这个季节天山"无花只有寒"。

(2) 杨万里在此季节送别友人林子方。

(3) 白居易说这个季节"山寺桃花始盛开"。

(4) 这个季节"小荷才露尖尖角"。

8. 描述线索题，请根据以下线索说出一句诗。

(1) 它是一个成语。

(2) 它出现在一个帝王的诗中。

(3) 诗句比喻人意志坚定，经得起考验。

(4) 诗句描写了猛烈的风。

擂主争霸赛答案

1. 怒发冲冠，凭栏处、潇潇雨歇。

2. 老夫聊发少年狂，左牵黄，右擎苍。

3. 天高云淡，望断南飞雁。

   不到长城非好汉，屈指行程二万。

4. 山海关／榆关

5. 《青玉案》

6. 柳

7. 夏季

8. 疾风知劲草

自 我 评 价

个人追逐赛	1		攻擂资格争夺赛	飞花令		擂主争霸赛		答对
	2							
	3			超级飞花令				道题
	4							

一语天然万古新·嘉宾点评

将进酒

【唐】李白

君不见黄河之水天上来，奔流到海不复回。君不见高堂明镜悲白发，朝如青丝暮成雪。人生得意须尽欢，莫使金樽空对月。天生我材必有用，千金散尽还复来。烹羊宰牛且为乐，会须一饮三百杯。

岑夫子，丹丘生，将进酒，杯莫停。与君歌一曲，请君为我倾耳听。钟鼓馔玉不足贵，但愿长醉不愿醒。古来圣贤皆寂寞，惟有饮者留其名。陈王昔时宴平乐，斗酒十千恣欢谑。主人何为言少钱，径须沽取对君酌。五花马、千金裘，呼儿将出换美酒，与尔同销万古愁。

天生我材必有用

"天生我材必有用"，这是现在所说的版本。实际上唐朝有一部分非常棒的史料藏在敦煌，敦煌石室一开，人们就从中发现了很多宝贝，其中就包括一卷残卷上写的这首《将进酒》，但那时候这首诗还不叫《将进酒》，而是叫《惜樽空》，意思是可惜这个酒缸已经空了，诗里面的这句话也不是"天生我材必有用"，是"天生吾徒有俊才"。

"天生吾徒有俊才，千金散尽还复来"好不好？也挺好的。吾徒不光包括李白本人，还包括岑夫子、丹丘生，这句诗的意思是说我们这些人都是有俊才的，所以我们没必要害怕，我们会"千金散尽还复来"。李白可能原来写诗的时候是这样想的，可是后来改成了"天生我材必有用"，这一句改得好，好在哪儿？好在我们人人都可以用这句话了，我们遇到什么情况，都会这样激励自己。"天生我材必有用"，材可大可小，我们不敢说"天生吾徒有俊才"，但是我们相信作为一个人，在天地之间我们是有自己的位置的，我们是可以发光发热的，所以才把这首诗改成我们今天最愿意看到的样子，又雄壮又能贴近每个人的心。（蒙曼）

扫一扫
听专家现场讲解

夏日田园杂兴十二首·其七

【宋】范成大

昼出耘田夜绩麻，村庄儿女各当家。

童孙未解供耕织，也傍桑阴学种瓜。

三农诗

　　中国古代的文人都很喜欢写田园诗，但是田园诗不等于农村诗，更不等于农业诗，所以我觉得范成大这首诗写得很有特色，因为这是首三农诗，他写了农民、农村和农业。为什么这样讲？因为范成大晚年在石湖居住，他写了六十首《四时田园杂兴》。这六十首跟之前的田园诗最大的不同之处在于他的《四时田园杂兴》是以季节来作为线索，以农事来作为内容的。他不是站在农村以外来看农村、农民，而把自己变成一个农夫。早上干农活，晚上干农活，儿子干农活，女儿干农活，那个最小的还不懂得怎么干农活呢，也在那儿比比画画好像在学着种瓜，总而言之全家都在干农活。一个知识分子，深入到了农村、农田和农事当中，记录他自己的生活，这就是范成大对中国古代田园诗作的最重大的贡献，他是弯下腰来，看农民在做什么，并把它记录了下来。（康震）

扫一扫
听专家现场讲解

示儿

【宋】陆游

死去元知万事空，但悲不见九州同。

王师北定中原日，家祭无忘告乃翁。

诗中见家风

　　这是陆游的临终绝笔，也是他写给他儿子的诗。那么他儿子有没有像很多孩子一样，父亲说什么就左耳朵听右耳朵出呢？我们不知道，但是有事实依据的是，七十年后，宋朝和元朝发生了一次非常有名的战役——崖山海战。在这场战役当中，宋军大败，南宋灭亡。在南宋灭亡这个事件发生之后，陆游的孙子陆元廷是忧愤而卒，他的曾孙陆传义是绝食而卒，他的玄孙陆天骐是亲身参加了崖山海战，因为不肯屈服投降于元朝而投海殉国。所以陆游的这首《示儿》，其实也是一种家风的彰显，陆氏家族可以说是满门忠烈，这种浩然正气一直充盈于天地之间。（杨雨）

　　陆游这首《示儿》的最大特点是把他的家事、家祭和国事、九州融合在一

山水人物　　纸本
【唐】唐寅

起了，所以这首诗一出来，就受到人们的疯狂追捧，不仅被到处传抄，而且屡屡被唱和。《示儿》之所以有名，当然首先是陆游写得好，但也有后人和诗的功劳，后人的和诗对这首诗的传播，起到了很大的作用。（王立群）

绝句

【宋】志南

古木阴中系短篷，杖藜扶我过桥东。

沾衣欲湿杏花雨，吹面不寒杨柳风。

中国古人的浪漫

"沾衣欲湿杏花雨"，沾的是雨，是什么时候的雨呢？是杏花纷纷的时候所下的雨，也就是春雨。"吹面不寒杨柳风"，杨柳风是什么风？一方面它是指在杨柳变得嫩绿的时候刮过来的风，另外一方面是指二十四番花信风中的杨柳风。中国古人要多浪漫有多浪漫，从小寒到谷雨，有二十四候（一个节气是三候，八个节气，有二十四候），每一候都有一种应季的花。比如说清明节的时候，一候开桐花，叫桐花风；二候开麦花，叫麦花风；三候开柳花，也就是柳絮，柳絮纷飞，所以三候叫柳花风或者杨柳风。所以这首诗就是清明前后写的诗。（蒙曼）

我觉得这首诗特别有意思。你闭

着色花卉图轴（局部）. 绢本
【明】陈淳

上眼睛想象这个画面，一个老和尚，他在路上迎着杨柳风，迎着杏花雨，颤巍巍地走着，他说杖藜扶我过桥东，不是说我扶杖藜过桥东，是拐杖扶着他过去。所以这里面用了一个特别俏皮的写法，能看出这老和尚，其实有一颗童心。然后"古木阴中系短篷"，就在那古柳的底下，拴着一艘小船，老和尚奔那儿去了。这首诗整体来讲，写得非常生动，洋溢着生活的气息。我甚至觉得，这不像是个和尚写的，这满篇的生活气息太难得了。

（康震）

泊船瓜洲

【宋】王安石

京口瓜洲一水间，钟山只隔数重山。
春风又绿江南岸，明月何时照我还？

一方水土养一方人

王安石特别喜欢南京，他一直把南京当作第二故乡，现在南京还有个半山园，就是王安石当年修建在钟山城门外到白塘之间的一座宅第。当地的地方志记载，他修的半山园就仅可避风雨，但是王安石这个大政治家，他种树、挖沟渠，把这个地方修得很漂亮。罢相之后，还和苏东坡江湖一笑泯恩仇，还劝苏东坡，到我这儿来，我们做邻居。所以这就是一方水土养一方人，我们在一个地方，可能不在那儿出生，但是只要在那儿生活，热爱那片土地，那我们也会在那片土地上找到一种历史和文化的归属感。（郦波）

扫一扫
听专家现场讲解

早雁

【唐】杜牧

金河秋半虏弦开，云外惊飞四散哀。
仙掌月明孤影过，长门灯暗数声来。

云山幽趣图（局部）　绢本
【明】陈继儒

须知胡骑纷纷在，岂逐春风一一回。
莫厌潇湘少人处，水多菰米岸莓苔。

诗人的怜民心

杜牧不是一般的人，他的家世很显赫。他写这诗的时候是在黄州做刺史，北边回鹘南侵，所以说"金河秋半虏弦开，云外惊飞四散哀"，这大雁就是南逃的老百姓，大雁很孤独地一直飞，飞过长安城的上空时，长安一片冷漠，大雁飞过的时候，底下没人招招手说：在这落下来吧。所以杜牧这首诗写得是很昏暗的，老百姓受了难，朝廷半点反应都没有。他想，老百姓跑到南方来，但他们的故乡在北方，他们什么时候能回

去呢？还能回去吗？他不知道。"岂逐春风一一回"，他已经开始担心了：算了吧，你们顶多飞到衡阳，"衡阳雁去无留意"，到了衡阳你们就降落下来，这儿虽然生活也不怎么样，但"水多菰米岸莓苔"，总还有你们吃的，你们就先别回去了。在晚唐的时候，诗人要表达一点良心，也仅此而已。但不管怎么讲，杜牧这首诗还是让人感到温暖的。（康震）

扫一扫
听专家现场讲解

约束你走路不要步幅太大，要姗姗而来。咱们现在提到金步摇，觉得那都是女性戴的，但实际上在历史上很长一段时间，男性也戴步摇，什么时候呢？就是汉朝一直到南北朝的时候，男性戴的叫步摇冠，就是用黄金打一个底座，然后上面分出一些枝来，枝上穿着珠子，辽宁省北票博物馆就有这种步摇冠，非常漂亮。如果大家什么时候到了东北，一定不要忘了去看看。（蒙曼）

扫一扫
听专家现场讲解

长恨歌（节选）

【唐】白居易

云鬓花颜金步摇，芙蓉帐暖度春宵。
春宵苦短日高起，从此君王不早朝。

金步摇与步摇冠

杨贵妃到底有多得宠，从"云鬓花颜金步摇，芙蓉帐暖度春宵"这一句诗就能看出来了。这是提到了两个宝贝，一个是金步摇，一个是芙蓉帐。金步摇是黄色的，芙蓉帐是有芙蓉花的帐子，红色的。

金步摇在当时是一种非常非常贵重的首饰，《杨太真外传》里讲，唐玄宗是特地跑到国库里去找一种紫磨金给杨贵妃雕琢成金步摇的。紫磨金是什么？就是最上品的金子。

金步摇，你一走路它就会摇，这就

无题

【唐】李商隐

昨夜星辰昨夜风，画楼西畔桂堂东。
身无彩凤双飞翼，心有灵犀一点通。
隔座送钩春酒暖，分曹射覆蜡灯红。
嗟余听鼓应官去，走马兰台类转蓬。

写心高手李商隐

这首诗写了一场美丽的遇见和一个无奈的转身。李商隐为这场遇见做了很多铺垫，你看它前两句，有星辰、有夜风、有画楼、有桂堂，可以说环境特别美，天上、地下，到处都非常美，这时候两个人相遇了，按现在的说法，叫确认过眼神，遇见了对的人。但是如果这样写下去，就不是李商隐了，李商隐最高明的地方在于他

扫一扫
听专家现场讲解

不是写一段完美的遇见，他一定要在这个完美中间，给你写一丝遗憾，这才叫李商隐的诗。（王立群）

这首诗是李商隐年轻的时候写的。你喜欢了一个人，当你和她还没确定关系的时候，在一个热闹的情景里，那只能是俩人大眼瞪小眼，谁都不能多说一句话。这首诗体现了越热闹，其实越寂寞的一种情感。

李商隐这个人，他写景可能写不过别的诗人，但他写心理活动，唐代诗人谁都超不过他。他把人的心理活动当作一个意象

来写，在他之前还没有人这样写过，这是他对中国诗歌的一个非常重大的贡献。在他的《无题》里头，既有爱情，又有宦情，然后也有他在人生旅途上的羁旅情感，他把这些感情夹杂在一起。后人很难解读他的诗，因为他夹杂了太多的况味在诗中。（康震）

贺新郎 · 别友

【现代】毛泽东

挥手从兹去。更那堪凄然相向，苦情重诉。眼角眉梢都似恨，热泪欲零还住。知误会前番书语。过眼滔滔云共雾，算人间知己吾和汝。人有病，天知否？

今朝霜重东门路，照横塘半天残月，凄清如许。汽笛一声肠已断，从

此天涯孤旅。凭割断愁思恨缕。要似昆仑崩绝壁，又恰像台风扫寰宇。重比翼，和云翥。

爱情、亲情以及革命豪情的完美糅合

这首词写得非常好，为什么呢？因为这里边既有爱情，也有亲情，还有革命的豪情。

这首词写在1923年的12月底，这时国共已经合作了。毛泽东写这首词的时候，他正要从湖南出发

去上海，然后要到广州参加国民党的第一次全国代表大会。这个时候毛泽东夫妇的第二个儿子毛岸青出生了，杨开慧正在坐月子，而毛泽东要出远门，所以"挥手从兹去。更那堪凄然相向，苦情重诉。眼角眉梢都似恨，热泪欲零还住"，写的是两口子要分离，非常依依不舍，这就是爱情。底下就说"知误会前番书语"，咱们俩之间闹点小矛盾，我给你做了做思想工作，这就是家长里短的亲情。"过眼滔滔云共雾，算人间知己吾和汝"，不管咱俩有啥矛盾，这个人间，最知道我心的人就是你。按理说这会儿写到儿女情长，就很难转过来了，但毛泽东一笔就转过来了，"凭割断愁丝恨缕。要似昆仑崩绝壁，又恰像台风扫寰宇"，这说的是革命豪情。所

以整首词，把爱情、亲情和豪情完美地糅合在了一起。（康震）

在毛主席心中，杨开慧既是他的爱人，又是他的革命伴侣。在信仰上两个人是相互理解、相互支持的，所以信仰上的知己，才是最高的知己。（郦波）

洛神
【唐】唐彦谦

人世仙家本自殊，何须相见向中途。
惊鸿瞥过游龙去，漫恼陈王一事无。

无题
【唐】李商隐

重帏深下莫愁堂，卧后清宵细细长。
神女生涯元是梦，小姑居处本无郎。
风波不信菱枝弱，月露谁教桂叶香。
直道相思了无益，未妨惆怅是清狂。

无题
【唐】李商隐

飒飒东风细雨来，芙蓉塘外有轻雷。
金蟾啮锁烧香入，玉虎牵丝汲井回。
贾氏窥帘韩掾少，宓妃留枕魏王才。
春心莫共花争发，一寸相思一寸灰。

《洛神赋》与《洛神赋图》

"惊鸿瞥过游龙去，漫恼陈王一事无"真是"翩若惊鸿，婉若游龙"，这是《洛神赋》的正本故事。"贾氏窥帘韩掾少，宓妃留枕魏王才"中的"贾氏窥帘韩掾少"是韩寿偷香的故事；而"宓妃留枕魏王才"说的是甄妃与曹子建的情谊。为什么说甄妃对曹子建有感情？是因为甄妃在临死之前，曾经给曹子建留了一个金缕玉带枕，说这个金缕玉带枕是她留给曹子建的纪念，然后曹子建才写了《洛神赋》。"神女生涯元是梦，小姑居处本无郎"就跟洛神没关系了。"神女"是宋玉写的"巫山神女"故事中的人物；"小姑居处"中的"小姑"说的是《青溪小姑曲》中蒋子文的三妹妹。当然，画《洛神赋图》的顾恺之是极其优秀的，因为魏晋南北朝时的山水画还比较幼稚，那个时代是人物画的时代，而在人物画的时代里，顾恺之又是格外优秀的。谢安说他是"苍生以来未之有也"，意思是自从开天辟地以来，还没人能把人画得这么好。《洛神赋图》中的衣服，衣服上衣带飘动的样子，还有《洛神赋图》中的人物，人物的表情，都是远远高于当时山水画的那个境界的，所以确确实实那是一个人物画的时代。（蒙曼）

扫一扫
听专家现场讲解

琵琶行（节选）
【唐】白居易

轻拢慢捻抹复挑，初为霓裳后六幺。
大弦嘈嘈如急雨，小弦切切如私语。

嘈嘈切切错杂弹，大珠小珠落玉盘。
间关莺语花底滑，幽咽泉流冰下难。

唐宋流行的曲项琵琶

琴瑟是我们的传统音乐，其实我们在先秦的时候就有诗歌写到琴瑟，比如《关雎》里面就有"琴瑟友之"。琵琶是汉代传过来的，而且琵琶最早是在马上弹奏的，比如波斯、阿拉伯，包括我们国家西北一些地方都是在马上弹琵琶。那个时候的琵琶，跟我们今天弹的这种曲项琵琶不一样，它有点像吉他的弹法，是横着弹的，琵琶的琴体是圆的，然后是直颈的。我们今天曲项琵琶是南北朝才传过来的，它最为风行的时期是在唐宋。所以白居易的"犹抱琵琶半遮面"应该已经是曲项琵琶，也就是竖着弹的琵琶了。"欲饮琵琶马上催"，就是写马上横着弹的琵琶。

扫一扫
听专家现场讲解

（杨雨）

十六字令三首
【现代】毛泽东

山，快马加鞭未下鞍。惊回首，离天三尺三。

山，倒海翻江卷巨澜。奔腾急，万马战犹酣。

山，刺破青天锷未残。天欲堕，赖以拄其间。

诗中无人胜有人

这首词的词牌叫《十六字令》，它其实在宋词里又叫《苍梧谣》，它应该是标准的宋词里最短小的词。（郦波）

毛泽东写词有一个很大的特点，就是他始终是很注重传承古典诗词的营养和传统。我们现在为什么这么喜欢读他的词？一个很重要的原因是他词的本色和底色，依然是代表着中国古典诗词的。他并没有剥离开中国古典诗词的艺术特点，而是完整地传承了这种传统，同时加以时代的内涵。比如这首词，一方面是"刺破青天锷未残"，山像宝剑一样，把青天都刺破，剑锋还未钝、未残，但重要的是，虽然山特别高，一般的人和马都得向它屈服。然而，红军在这样的高山面前却"快马加鞭未下鞍"。再接下来就是双关语了，"山，倒海翻江卷巨澜。奔腾急，万马战犹酣"，一方面是形容红军战士的战斗，一方面形容山的姿态。

这几首词呈现出了山的几个不同的特点，前面形容它高，后边是形容它层峦叠嶂。这几首词没有提到一个人，这不像后来他写的"红军不怕远征难"，那都有人的元素在里头，而这几首词里虽然没有出现人的元素，但是处处都有人在活动。（康震）

扫一扫
听专家现场讲解

诗词索引

先秦至魏晋南北朝

隋唐五代

宋辽金

元明清及近现代

《中国诗词大会》电视节目主创人员

出　品　人	慎海雄				
总　策　划	张　宁				
总　监　制	阚兆江	田学军			
监　　　制	王新建				
总　导　演	颜　芳	刘　磊			
学术顾问	叶嘉莹	周笃文	钟振振	康　震	李定广
题库专家	方笑一	李小龙	李南晖	刘青海	辛晓娟
	李天飞	谢　琰	莫道才	江　英	江舒远
	田　率				
电视策划	时统宇	靳智伟	胡智锋	俞　虹	冷　凇
	郑　毅	韩骄子			
执行导演	汪　震	孔媛媛	王　珊	贺　玮	任琳娜

主办单位	中央广播电视总台
联合主办单位	教育部　国家语言文字工作委员会　共青团中央
网络支持	央视网

中央广播电视总台央视科教频道　录制

看似寻常最奇崛，成如容易却艰辛

——《中国诗词大会》导演组

不知不觉间，《中国诗词大会》走到了第四季，春花秋月，寒来暑往。一路走来，我们共同见证了节目从初创时的迷茫艰辛，到火遍全国的收视奇迹。如今，走过四季，月与人依旧，而我们导演组，也感受着诗词带来的改变与成长。在我们眼里，节目不仅是紧张的赛程，热血的竞技，更是诗词对于所有人的陪伴与共享。

"看似寻常最奇崛，成如容易却艰辛"—— 在五年前的创作之初，我们一次次地创意文案、打磨赛制、设计题目、求教专家，在漫长的摸索过程中，不断推翻自己、努力前行。当《中国诗词大会》第一次在春节期间亮相时，我们惊喜地发现，我们用一档电视节目打开了诗词的新功能：陪伴与共享。共享，一个合乎潮流，却无比温暖的词语。当诗词也能共享，那些悠然心会的妙处，那些长夜叹息的感慨，突然得到了聚合，有了释放的窗口，我们得以洞见别人的妙处与叹息：

那些百折不挠的千磨万击

那些聚散无情的眼底离恨

那些忽如远行的飞鸿雪泥

在一瞬间，都共享了，诗词让我们心意相通，《中国诗词大会》让我们如老友般久别重逢。当《中国诗词大会》打开了诗词的共享功能，它便如一台身处云端的诗词服务器，与每一位热爱诗词的观众产生链接，又似一缕春风，带我们走进寻常百姓家，看到了普通人的诗意人生。作为节目最大的特色和亮点，每一季的百人团都能给我们带来惊喜与感动。在第四季的舞台，我们看到南航机长马保利在万米高空的工作中，依然要把心中最爱的诗词融入旅途分享给乘客。我们也看到了四世同堂的大家庭一同参加节目，彰显读诗爱诗的家风传承。而陈更的亮相则让我们真正感到老友重逢，从第一季的机灵小丫头，到第四季终获冠军的机智女博士生，观众见证了一个中国九零后女孩的坚韧与成长。他们的故事，让所有人感受到了诗词带来的快乐与满足。

四年过去，我们看到《中国诗词大会》引领的诗词狂潮热度不减，一年一度的诗词盛会在每个春天如约而至，陪伴每个热爱诗词的人。而《中国诗词大会》作为国家一流媒体为全国观众打造的电视节目，能坚持不断创新，持续输出优质内容，背后是整个国家软实力的提升和文化自信带来的力量，更是媒体人的使命感与责任感。

《中国诗词大会》仍在继续，感谢诗词让我们共同成长，感谢央视的平台让我们拥有文化原创的使命，更要感谢这个伟大的时代，让我们的生活充满诗意。

期待在每一个春天与你重逢，重逢时让我们都成为更好的自己。

图书在版编目（ＣＩＰ）数据

中国诗词大会. 第四季. 下册 /《中国诗词大会》
栏目组编著. —— 北京：北京联合出版公司，2020.1
　　ISBN 978-7-5596-3654-6

　　Ⅰ.①中… Ⅱ.①中… Ⅲ.①古典诗歌—诗歌欣赏—
中国②词（文学）—诗歌欣赏—中国—古代 Ⅳ.
①I207.2

　　中国版本图书馆CIP数据核字(2019)第186171号

中国诗词大会第四季 （下册）
ZHONGGUO SHICI DAHUI DISIJI　　XIACE

《中国诗词大会》栏目组 编著

策划统筹：王文洪

特约编辑：张雅妮

责任编辑：李 红　徐 樟

书籍装帧：网智时代

出　　版：北京联合出版公司出版
　　　　　（北京市西城区德外大街 83 号楼 9 层 100088）

发　　行：北京联合天畅发行公司发行

经　　售：新华书店经销

印　　刷：北京美图印务有限公司印刷

规　　格：710 毫米 ×1000 毫米　1/16

印　　张：12

字　　数：175 千

版　　次：2020 年 1 月第 1 版　2020 年 1 月第 1 次印刷

书　　号：978-7-5596-3654-6

定　　价：42.00 元